光 light

张莉 主编

拿起笔,制造光

Creation of Light

北京出版集团
北京十月文艺出版社

图书在版编目 (CIP) 数据

拿起笔，制造光 / 张莉主编. — 北京：北京十月文艺出版社，2024.6
ISBN 978-7-5302-2352-9

Ⅰ. ①拿… Ⅱ. ①张… Ⅲ. ①散文集—中国—当代 Ⅳ. ①I267

中国国家版本馆 CIP 数据核字 (2024) 第 023973 号

拿起笔，制造光
NAQI BI, ZHIZAO GUANG
张莉　主编

出　　版	北京出版集团	
	北京十月文艺出版社	
地　　址	北京北三环中路 6 号	
邮　　编	100120	
网　　址	www.bph.com.cn	
发　　行	新经典发行有限公司	
	电话 010-68423599	
经　　销	新华书店	
印　　刷	北京盛通印刷股份有限公司	
版　　次	2024 年 6 月第 1 版	
印　　次	2024 年 6 月第 1 次印刷	
开　　本	850 毫米 ×1168 毫米　1/32	
印　　张	9.5	
字　　数	140 千字	
书　　号	ISBN 978-7-5302-2352-9	
定　　价	52.00 元	

如有印装质量问题，由本社负责调换
质量监督电话　010-58572393

版权所有，未经书面许可，不得转载、复制、翻印，违者必究。

美发生着变化，像一只蜥蜴
将皮肤翻转，改变了森林；
又像一只螳螂，伏在
绿叶上，长成
一片叶子，使叶子更浓密，证明
绿比任何人所知的更深。

你手捧玫瑰的样子总好像在说
它们不仅是你的；美发生着变化，
以这样仁慈的方式，
为了别样的发现，永远希望
分离事物与事物本身，并将一切
在片刻间释放，变成奇迹
　　　　　　　——［美］理查德·威尔伯

目 录

拿起笔,制造光 …………张 莉 1

雌 蕊 …………………周晓枫 7

把回想留给未来 …………陈 冲 115

美术馆 ………………徐小斌 143

我跳舞,因为我悲伤 ……冯秋子 169

常玉,以及莫兰迪 ………草 白 197

笔的重量 ………………默 音 213

二十一位90后女作家的同题回答……231

二十一位90后女作家简介……………283

拿起笔,制造光

张 莉

这是一系列以女性文学、女性文化为核心的主题书,关于女作家们所写下的我们时代生活与命运的改变。从酝酿、筹备到出版,经过了三年时间,现在,第一本终于要跟读者朋友们见面了。

之所以最终决定以"光"为系列名,是因为对光的迷恋与喜爱。

——光,闪烁不定,但又无所不在。它照耀我们,温暖我们,以有形或无形的方式:它是黑暗中的火把;是让人眼前一亮的诗句;是不断回旋在心里的那首歌谣;是耿耿难眠时的温热耳语;或者,是冬夜里默默而长久的拥抱……

谁不需要被光包裹而能独自生活呢?我们每个人,都在光的沐浴下生存并享受它的恩泽。我们每个人，或多或少，也都有制造光的能量和可能。这也是这系列主题书的题中应有之义：在这里，我们书写生命中所遇到的光，感受它的明亮，同时，我们也努力制造光——拿起笔书写、制造自己的光，哪怕只是微小的光。一如我喜爱的女诗人露易丝·格丽克在《野芝麻》那首诗中所写下的：

> 生命之物并非同等地
> 需要光。我们中的有些人
> 制造自己的光：一片银箔
> 像无人能走的小径，一片浅浅的
> 银的湖泊，在那些大枫树下的黑暗里

第一本"光"系列的主题书，关注的是女性艺术家们与艺术之光的相遇，我特别邀请了周晓枫、陈冲、徐小斌、冯秋子、草白、默音六位作家。在《雌蕊》和《把回想留给未来》中，周晓枫和陈冲分别写下的是她们与文学、与电影的生命交织；在《美术馆》和《我跳舞，因为我悲伤》中，徐小斌和冯秋子分别写下的是她们与美术馆、与舞蹈的相遇；作为青年一代写作者的草白与默音,则在《常玉,以及莫兰迪》和《笔的重量》里,写下了她们或与常玉、莫兰迪,或与绘画的相逢。这些文字动人而丰饶,阅读过程中我多次感动、感慨,并有深深共鸣。从这些文字中我们会看到,与艺术之光的不期而遇是这些女性写作者的分水岭,从此,她们生命中多了艺术的照耀,也是在这些文字里,她们开始成为"光"。

2019年以来,我一直在提倡一种"新女性写作",我心目中的"新女性写作",不只要写出"一个人的房间"里的挣扎,写出她们的势单力薄与幽微人性,更要写出她们的力量,写出她们对现实生活的直面与承当。而之所以提倡"新女性写作",是期待未来有一天,每个渴望写作的女性都可以秉笔直书,坦承己见,写下自己的故事。

当然,在这本书里,我也邀请了二十一位出生于20世纪90年代的青年女作家一起进行同题回答,关于她们五年来的文学成长之路,关于她们对女性生活际遇的理解。这是二十一张新鲜而让人饱有期待的文学面孔,也是真正属于我们时代的女性文学的春之光。

第一本主题书，诞生在春天，这个季节充满无限可能，令人期待。在这个季节里，祝愿每位读者都能从作品里受到感染：看见光，感受光，成为光。

感谢作家默音为此书所作的精美插画，感谢设计师孙容担任本系列图书的艺术设计。感谢总编辑韩敬群先生、策划编辑李婧婧女士，没有他们的帮助和建议，便没有此项工作的顺利开展。

2024年1月17日

雌 蕊

周晓枫

1

他们宁愿付你一千美元得到一个吻,也不愿意花五十美分倾听你的灵魂。

——玛丽莲·梦露

女性之美,摇曳多姿。

银幕形象,有奥黛丽·赫本那种超越尘世的童话之美,优雅古典,清凉到具有镇静的作用;也有玛琳·黛德丽那种,让人觉得,"不管什么样的地狱,她都去过,而且幸存了下来"。舞台上,时装模特展示深陷的双颊和完美的锁骨;芭蕾舞演员展示精致而对称到几乎非人的腿;《花花公子》的月历女郎们,在海滩、旅馆、喷泉、加油站等场所，展示她们动荡的美：闪动杏蜜色流光的皮肤，提琴般凹陷的腰肢，高跟鞋上赤裸的足弓，缓慢揉散的头发，微微肿胀的湿亮嘴唇，以及从比基尼泳装边缘隐约露出的蔷薇色乳晕……美，若夹杂了一点危险，更有益于它的侵略。

玛丽莲·梦露是性感女神的代表，她的面容，奇异结合着女人的诱惑与儿童的天真，介乎纯洁与放荡之间——很奇怪，她就是具有一种孩子气的美貌，具有一种无辜的魅惑。尤其是她挺胸扭臀的步态，颇具挑逗性。《纽约时报》前执行主编阿瑟·盖尔布说："当她走路时，就好像她有一百个身体部分分别向不同的方向移动，你不知该看哪个部位。"她正是凭借独特的步态当上演员的。去《快乐爱情》剧组参加女配角的选拔时，演员格劳乔·马克斯让她走几步："不是指那种连老阿姨都会走的样子。这个角色需要一位年轻的女士，她从我身边走过，光步态就能唤起我年老的性欲，让我的耳朵冒烟。"梦露按照他的要求走了几步，格劳乔说棒极了。哈勃·马克斯说："不要在没有警察的地方那样走路。"据说，梦露从十三岁就开始练习慵懒的走路方式……浓烈的风情，使她沿途散发出雌性的腥甜,她以这样的走姿展示着她那令人渴望的身体。

我以前对梦露无感,直到读了她自传里的部分片段。在这本《我的故事》里,她的表述抵达写作者的精准。她不厌其烦地数次提到自己是性冷淡:"我为什么是个妖女,我完全不是,我的脑海里没有一丝关于性的念头。我不想要接吻,我也不会幻想国王或者电影明星的诱惑,事实上涂上口红、染着眉毛,加上早熟的曲线,我却像化石一样没有欲望。""即使那些追求者弄乱了我的头发,我也从来不觉得他们冒犯了我。如果有什么的话,我嫉妒他们,我想要拥有他们那样的占有欲,因为我什么都不想要。"她毫不隐讳对好莱坞的敌意:"好莱坞,一家拥挤的妓院,一个为种马备了床的名利场。""在好莱坞,一个女孩的品德远远没有她的发型重要。好莱坞是这样一个地方,他们宁愿付你一千美元得到一个吻,也不愿意花五十美分倾听你的灵魂。"人间尤物容易被认作无脑的类型,但梦露有生动的灵魂。在我看来,这些表述就像她的步态那么性感。

笔,就是灵魂的步态。有如冰刀在冰面上的划痕……行云流水,是因为行于刀刃之上。

　　我喜欢女性的独特表达。尽管在我的阅读书单上,男女作家的比例平分秋色;尽管我从男作家那里获益颇多——但我依然偏爱许多女作家的文字,不知这是性别的帮助还是限制。世界辽阔,盲人摸象不是笑话,而是确凿的事实。没有人能够触及全部的世界,只有彼此信赖,我们才能对触摸不到的部分有所了解。林语堂有着通达的人生理解,他说:"我喜欢女人,就如她们平常的模样,用不着因迷恋而神魂颠倒,比之天仙;也用不着因失意而满腹辛酸,比之蛇蝎。女人的理论每被男子斥为浮华,浅薄,重情感,少理智。但是女子的理智思想比男人实在。……在她们重情感少理智的表面之下,她们能攫住现实,不肯放松。男子只懂得人生哲学,女子却懂得人生。"男性与女性之间,在尊重的基础上那种性别经验的分享,非常重要。即使有些男性概括说女性叙事多强调自身感受与内心经验,所以感性而破碎,潜台词是批评女作家总是在说"我",而不是"我们",认为她们沉溺于细节而缺乏整体的宏阔视野……我认为,即使被偏见地看待,女性写作也天然与文学有着深切的联系。

弱者，边缘，体恤，这些词汇就是文学自身的立场。

在我的阅读经验中，有的女作家性别特征明显，有些几乎完全消灭了自己的性别，我无法判断执笔者是打领带的还是穿裙子的。什么是文学中的女性力量？难以提炼一个答案对它进行准确的描述。力挽狂澜是一种力量，以柔克刚也是一种力量；与命运拔河是一种力量的体现，但随波逐流中的逍遥自由也可以是一种内心力量的体现。女性的写作，让我们对世界的观察、理解和释读，增加了认识的角度和切入的深度。

我怀疑，我之所以偏爱某些女性作家的表达，与她们色彩特别的经历密不可分。

2

> 作为理想，我打算过一种下流的、丑恶的生活。
>
> ——萨冈

前些年，国内评论界频繁使用一个合并词语——"美女作家"。现在少有提及，好像一碗滚汤凉了以后结了冷油，没谁有兴趣再喝了。即使在当时的评论体系里，所谓"美女作家"，也暗示着某种专业水准的降低。单论美女，她不够格；单论作家，她也不够格——搭配在一起，似乎就不需要彼此迁就了。其实，的确有许多货真价实的"美女作家"，她们的容貌匹配着她们的才华，几乎是一种外在的诠释。

法国的"美女作家"萨冈早在十八岁就名满天下，成为著名的畅销书作家。她漂亮出众，个性鲜明。赌博、酗酒、飙车、吸毒、负债累累，她离经叛道，却备受钟爱，被称为"迷人的小魔鬼"。其实萨冈诞生于1935年，她跨越新世纪，活到近七十岁的时候离世，可她在人们的评价和印象中，永远是一个时代的青春代言人：俏丽的短发、少女的样貌、狂放不羁的性格。

"所有漂泊的人生都梦想着平静、童年、杜鹃花，正如所有平静的人生都幻想伏特加、乐队和醉生梦死。"她不屑于纪律性的人生，不在乎生活的无序——"有什么关系？我数学一向不好。"萨冈的表达，具有简捷明快的摧毁力。她宣称："作为理想，我打算过一种下流的、丑恶的生活。"作为"一个持续性事故",她说:"我相信自己有权自毁,只要这不伤及他人。"

像糖一样腐蚀牙齿,像毒药一样瓦解意志……没有谁像她这样勇敢追求消极的未来。天真的神情和老练的堕落……在持续的自毁中,她体现一种狂欢化的人格。萨冈赤足飙车,甚至在饮酒之后,车祸使她几近丧命,但并未阻止她的疯狂。她的人生,就像一台需要维修而她却不做丝毫保养的跑车,带着一路的青春噪声驰骋。

尽管始终有种奇怪的、缺乏来源和证据的、真实的痛苦,萨冈的文笔却轻快、易读。我是在同样年轻的时候看过她那些年轻的小说,但从未迷恋她的风格。除了小说,萨冈的随笔也才情纵横,比如她写《马》……她自己就像一匹赛马,可以在竞速中横空出世;即使并未夺冠,也会是马群中耀眼的那个。但,她是否恰恰被自己早慧型的才华所耽误?在我看来,她那让人胆寒的早慧,随后并没有沉淀为更令人尊重的智慧。不过,这些原本就非她所愿,她宁愿在微醺的沉沦和略重的丑闻中,在自愿选择的肤浅中,享受她带点无耻色彩的理想生活。

早在2004年萨冈离世之前,就有人评论活跃于法国文坛的古灵精怪的女作家阿梅丽·诺冬为萨冈之后新一代"畅销女王"。其实诺冬1967年生于日本,国籍是比利时,但运用法语创作的诺冬与萨冈的出道存在相似之处。诺冬从十七岁时开始创作,首部小说只花了一百二十个小时就完成,年少已功成名就。

我读诺冬的《午后四点》,惊艳,有天赋的人任意笔墨,才华横竖都溢。成名以后的阿梅丽·诺冬,据说习惯以黑色礼帽作为自己的标签,需要隐藏身份时就不戴帽子。她用自己的照片当《幸福的怀念》的封面,照片里她戴了一顶造型奇异的帽子,似乎是在一座富有禅意、风格极简的日本庭院里拍摄的:斜逸的几条寒枝,颗粒均匀的卵石,方整的砖石,素朴的院墙。照片上的她看起来有点奇怪,让人判断年龄时略感犹豫,说不清是因为保养得当而显得年轻,还是因为心智超常而显得成熟。她的黑色连衣裙,上面紧身设计,下面花苞样张开,有点像儿童的蓬蓬裙;她的手,就像乌鸦尾羽那样张开;她的妆容,五官因敷粉而得以强化,介乎东方艺妓与西方马戏团女伶之间,又似两者的融合。诺冬的这个形象,纯真又邪恶，生动又神秘，在庄重与荒谬之间保持着敏捷的反讽。像能未卜先知，诺冬仿佛是用塔罗牌预测命运的流浪者，带有一点从噩梦借来的勇气和邪念。她的样子和她的文字，都古灵精怪，恍若莫测的梦境。

无论萨冈还是诺冬，像结合了女童的永久天真与女巫的早熟沧桑。

3

为了创造你，先要毁掉你。

——杜拉斯

是从纯真到沧桑，从年轻到年老……她的脸，从花园变废墟。少女时的杜拉斯面容精致，有银器一样干净的光芒，随后遭到严重摧毁，在时间中变得污浊。看杜拉斯少女时和老妇时的照片，判若两人，她已成自己的叛徒。很难相信是同一个人，两张脸之间，彼此绝缘。她的皮肤呈现出干水果表面的皱缩，是个矮小干瘪的老太太。

杜拉斯与萨冈一样抽烟酗酒，加之难以驱遣的孤寂，曾经的美貌彻底被破坏了。"当一个女人饮酒时，犹如一头野兽或者一个婴儿在喝水。酗酒对女人是丑闻，女酒鬼是个少见的、严重的问题。它玷污了我们神圣的本性。"醉醺醺的杜拉斯不乏清醒地说，"我意识到我在我身边制造丑闻。"

近七十岁的时候，萨冈死于烟酒毒品导致的肺栓塞；同样是近七十岁的时候，杜拉斯开始写她的初恋，回忆自己十六岁那场刻骨铭心的相遇。这部名为《情人》的半自传体小说这样开篇："我已经老了。有一天，在一处公共场所的大厅里，有一个男人向我走来，他主动介绍自己，他对我说：'我认识你，我永远记得你。那时候，你还很年轻，人人都说你很美，现在，我是特来告诉你，对我来说，我觉得你比年轻时还要美，那时你是年轻女人，与你年轻时相比，我更爱你现在备受摧残的容貌。'"杜拉斯以小说的方式，复述叶芝的名句："多少人爱你青春欢畅的时辰，爱慕你的美丽，假意或真心。只有一个人爱你那朝圣者的灵魂，爱你衰老了的脸上痛苦的皱纹……"

杜拉斯的作品并不依靠剧烈的戏剧冲突，情绪的力量大于情节，具有法语的乐感和梦呓的魔力，既无耻而纯洁，野力十足，又不失古典与严肃性。她在国内曾风靡一时，广受追捧，但热度并未持续。我原来也喜欢过杜拉斯，但时间很短，她更像一种青春期的躁动，很快不再对我产生阅读上的吸引力。我甚至觉得，杜拉斯就是更成熟一些的萨冈。虽然这是我的偏见，但抱持类似看法的背叛型读者应该也不在少数。数年后，杜拉斯再度引起强烈关注，并非因为文学，乃是因为她的私生活。

扬·安德烈亚出版了关于杜拉斯的回忆录。扬比杜拉斯小三十九岁，是她最后的情人，也是她的秘书、知己、司机、护士和伴侣，关系持续十六年之久。在女性艺术家那里，这种现象并不鲜见，比如美国女画家乔治亚·欧姬芙的陶艺师情人尚·汉密尔顿，就比她小了将近六十岁。这些令人魅惑的老年妖物，她们像沉睡百年的童话公主那样，亲吻对她们来说算是幼龄的少年。

我们歌颂青春，是因为身置其中的人享有更为辽阔的未来……但扬、尚等情郎们，并不存在年龄落差带来的优势。相反，他们有时被彻底征服，就像母兽统治下的幼崽，被雌性激素控制的小昆虫，哪怕赴死而来。

扬疯狂迷恋杜拉斯的文字，他不读其他书，只读她的书。的确，杜拉斯的笔法率性而为，扑朔迷离，张扬如情欲，通透如高潮。有的句子水银一样，神秘、凝练、有毒。是怎样自由飘忽的灵魂，才有这样恍惚迷离的文字？1975年，与杜拉斯初次见面时，扬是个大学生，他从此几乎每天都给杜拉斯写信，并不等待回音。写了五年，直到杜拉斯同意，并且招募……扬成为奴隶式的情人。

整天干活。洗碗、打字、陪她看电影、开车陪她兜风。不仅如此，杜拉斯高高在上，控制欲很强。她命令，并且决定扬的喜好：从"应该"吃的食物，"应该"喜欢的羊毛衫，到"应该"喷的香水。"为了创造你，先要毁掉你。"在扬的回忆里，杜拉斯不仅有日常的阴郁和快活的残忍，还怀有病态的占有欲。杜拉斯的爱里，包含着凶狠的侵略性，是以一种野蛮施暴的方式来展示的。杜拉斯酗酒严重，就像从破碎的葡萄里酿酒，她从摧毁的肉体和精神里酿造爱情的浆汁。无处着陆的悲伤，无以名状的绝望……无论是酒精、文字还是爱情，杜拉斯都追求一种濒于致死的强度。

1980年，当扬刚来到杜拉斯身边时，他喜欢不停地打电话，每天十个小时，给所有认识的人打电话，包括只见过一次的人，包括十年前在奥地利、德国、意大利见到的人。或许，某种即将失去自由的预感，使他沉迷于此。随后，他的自主生活被终结，给老朋友打电话被杜拉斯禁止。扬认为："她囚禁了我。"是杜拉斯给了扬一个新的名字——从名字到生活，扬都被关进杜拉斯的世界。杜拉斯不允许作为同性恋的扬去见男人，也不许见女人，包括扬的母亲。

扬照顾她，忍受她，怨恨她。这个专横而才华横溢的老女人，时而是迷人的精灵，时而是讨厌的癞蛤蟆。作为同性恋的扬曾试图逃离，消失又回来，带着赎罪般的惶恐，继续接受杜拉斯的某种盘剥。这个所谓年轻人说："她比我更年轻。她猛冲猛杀，什么都不在乎……我，扬，我不再是我，但她以强大的威力使我存在。"

有人说，杜拉斯的写法其实非常不健康，"她是以伤害自己的一部分，去滋养另外一部分"。她把这种自我伤害的手法，作为遗产，留给了扬。尽管杜拉斯从来不允许扬坐在她写作的位子上,直到临终,自恋的杜拉斯特赦了扬,并且羡慕地嘱咐:"你什么都不用做了,写我吧。"杜拉斯死后,扬通过写作来克服抑郁,但文字风格与杜拉斯很像。从语感到结构,当主人死去以后,因为熟悉主人的命令,奴隶依然能够发出主人的声音——扬是终身制的俘虏,甚至在杜拉斯死后。掠夺得如此彻底,扬被劫持一生——2014年是玛格丽特·杜拉斯一百周年诞辰,她最后的情人扬·安德烈亚于7月10日在巴黎去世,享年六十一岁。

杜拉斯和扬的关系,让我想起一种长相奇怪的鱼,它擅长以自己棘刺上的拟饵诱捕鱼虾。

刚刚打捞出海的鱼软塌如一团烂掉许久的肉,周身包裹大量黏液——它们多是雌性。为何被捕捞的鱼通常都是雌性呢?因为雄鱼出生不久个体还很小时就寄生在雌鱼身上,终身相附,大多已同雌鱼结为一体。雌雄这样亲密,配偶这样纠缠,在动物界比较少见。雄鱼一生的营养都由雌鱼供给,所以如果雌鱼被捕获,它会随身携带着一个殉葬的情侣。

4

但愿我的嘴唇能嫁给那样的创伤!

——西尔维娅·普拉斯

如果从统计学的角度,恐怕殉情的女性占比更高……她们死于自己感情的强烈或极端。

比如普拉斯。普拉斯,杜拉斯,并蒂莲般的名字,但命运迥异,就像它们分别拼写为Plath和Duras,毫不相像。美国诗人西尔维娅·普拉斯,她是早熟的天才,普拉斯十二岁时的智商测试已高达一百六十分;她也是早夭的天才,死于三十一岁。昙花一现的美,始于也终于黑暗的摧毁。

黑,太多的黑——来自死去的父亲,来自死去的爱情,来自即将死去的自己。《爸爸》一诗写于普拉斯自杀前的四个月,"你是只黑皮鞋/我曾像只脚住在这里三十年/可怜而苍白/几乎不敢打喷嚏甚至呼吸"。不仅是黑皮鞋,父亲的形象还被比作法西斯和魔鬼。普拉斯在这首爱与畏惧交混的诗歌里,表达着不安、反感、怜悯、悲痛等复杂情绪,也表达着受压与受束中的质疑和反抗。普拉斯八岁丧父的创伤,在尾句中这样传递:"爸爸,爸爸,你这个浑蛋,我受够了。"令人感到一种终极的寒意。

1956年,西尔维娅·普拉斯邂逅英国诗人休斯。尽管休斯当时带着自己的女友,他依然暴力般亲吻普拉斯,扯下她的发带;普拉斯回应这些吻,并且像受到攻击的蛇那样在休斯脸上狠咬一口。休斯淌血的面颊,留下环形圆丘般肿胀的牙印,此后一个月都未退去伤痕。这是象征——休斯此后一生,都未退去普拉斯留下的烙印。

普拉斯陷入一见钟情的狂喜,"我已极端地坠入爱情里,这只能导致严重的伤害。我遇到了世界上最强壮的男人,最硕大最健康的亚当,他有着神一般雷电的声音"。旋风般席卷的爱情,让这对诗坛天才迅速步入婚姻。

他们有过美好与甜蜜,一起享受创作的愉悦。童话里,往往王子与公主举行结婚典礼就算到了故事尾声,因为要回避描写婚姻里那几乎是必然的磨损。这对金童玉女般的甜蜜佳偶,在现实的婚姻里渐生怨恨，充满了争执与冷战、怀疑与指责。关系如履薄冰又剑拔弩张，他们甚至上升到肢体冲突。当然休斯多情，我甚至妄加猜测，他对普拉斯当初的迷恋和随后的逃离可能是因为同样的东西，比如极度敏感。作为情人，普拉斯的敏感是一种艺术化的情绪；作为妻子，她的敏感会渐渐变得棘手。后来休斯另结新欢，迷恋上加拿大诗人的妻子阿茜娅·魏韦尔，导致他与普拉斯之间的裂痕难以修复，珠联璧合的婚姻变成废墟。1963年2月11日，普拉斯跪在冰冷的地板上，头部用衣服裹住伸进烤箱垫板，拧开了煤气开关。她事先为孩子们准备好牛奶和面包，然后用湿毛巾堵住卧室的门缝，以免泄漏的气体伤害到他们……尽管她知道，当入睡的孩子醒来，就会永远失去自己的妈妈。

普拉斯死后，休斯以未亡"罪人"的身份活着，一生受到舆论的围剿与诟病。尤其普拉斯自杀的数年之后，阿茜娅·魏韦尔以几乎同样的自杀方式，吞下安眠药并打开煤气开关，结束了自己以及她与休斯的两岁女儿的生命。饱受责难的休斯不做申辩，不予还击，但在私信中他曾表达苦衷："我知道我的沉默可能会让人们以为是证实了某些对我的指责，但我宁可这样,也不愿被扯入斗牛场中,被逗弄,被刺激,被激怒,直到我吐尽与普拉斯生活的所有细节,以供成千上万的英国文学教授和研究生们做更高级的消遣。在这种情况下,他们除了怀有低级趣味的好奇心之外,什么也感觉不到,不管他们如何道貌岸然,假装专注于宗教信仰般的文学批评和对伦理的虔诚,他们的好奇心是属于土里土气性质的,大众喜爱的流血运动性质的。"休斯不相信新闻记者的公正性,很少接受采访。无论是出于难辞其咎,出于对自己隐私的捍卫,还是出于对孩子的保护,休斯的缄默加重了旁观者的兴趣——是的,我们愿意以体面而堂皇的理由窥私,并加以假设。

仅从简要的资料来看,容易把普拉斯想象为传统色彩的痴守者,其实不然。按普拉斯自己的说法,她在大学前和大学期间约会过数百个男孩,甚至担心自己会因为"快"而名声不佳。普拉斯热恋过别人的新郎,对方十周前刚刚结婚。第一次与休斯同居的第二天,普拉斯就去巴黎找她的旧情人萨松——就像她说休斯是"世间唯一能与我匹配的强壮男子"一样,普拉斯也曾称萨松是她一生中最伟大的爱。朋友们聚会时，已婚的普拉斯在休斯在场的情况下，在桌下偷偷用腿摩擦诗人理查德·墨菲的腿进行挑逗。不过，普拉斯对墨菲说，谁也破坏不了她与休斯的婚姻，因为他们的结合是完美的。由此可见，休斯不忠，普拉斯多情，再完美的结盟也带来限制。毕竟婚姻的领域狭小，没有天空那么大的鸟笼，也没有河流那么大的器皿，可以盛下想要犯罪的自由。

休斯的移情是引信，引爆的是普拉斯的性格缺陷。普拉斯生前出版的作品很少，获得的成就远低于她自己的预期。一方面，她热情奔放、野心勃勃，一方面又极易被沮丧击倒。普拉斯阴晴不定，喜怒无常，经常处于紧张、惶恐、焦虑、嫉妒、怀疑、自闭、抑郁与狂躁之中，甚至在歇斯底里中做出不计后果的破坏性举动。其实每次歇斯底里，都包含一场小型而血腥的自我践踏。她把别人逼疯，也把自己逼疯。走向崩溃的普拉斯多次试图自杀，为此曾割伤自己的腿，曾服下大量安眠药，曾被送进精神病院接受电击治疗，曾蓄意制造车祸。普拉斯宣称："死亡是一门艺术，所有的东西都如此，而我使之分外精彩。"生命的花园虽然盛大，但每天都需要为死神剪枝，普拉斯向往成为那祭献的玫瑰。"就像玫瑰花/合上花瓣/在花园里/僵冷/死之光/从甜美、纵深的喉管里溢出芬芳。"然而,她并不能如自己诗歌里说的,"像猫那样死上九次"。

许多创作者饱受精神困扰,死成为终极的解脱之道——死,甚至并非医学意义的恐惧,而是文学意义的优雅。我小时候看电影《王子复仇记》,除了劳伦斯·奥利弗的演技、孙道临的配音,我印象最深的一幕是奥菲丽娅自杀的场景:头枕水面的奥菲丽娅像朵睡莲缓慢漂流,涟漪般荡漾的金色长发也缓慢卷入涡流。米莱斯的油画《奥菲丽亚》,再现了那种凄凉哀婉的氛围。而现实中,英国女作家伍尔夫选择了类似奥菲丽娅式的投河。伍尔夫既感性又理性,既优雅又神经质,她饱受精神疾患的折磨,数度自杀。决意离去,她的口袋里装满用于自沉的鹅卵石。再比如,英国当代著名戏剧家萨拉·凯恩,这位在虔诚的基督教家庭长大的、成绩全优的乖乖女,主要的创作题材是崩溃、暴力、性虐、毒瘾、变态、战争和屠杀。这位才华纵横的被誉为"英国继莎士比亚与品特之后最伟大的剧作家",一生写了五个剧本,每部作品都在挑战观众的心理承受极限。她在医院卫生间里,用一根鞋带结束了自己二十八岁的生命。伍尔夫、普拉斯、萨拉·凯恩,她们有多敏感,就有多锋利,她们依靠直觉和幻象勇往直前,甚至依靠紊乱里的超能。人人拥有死亡,但她们的死亡计划由自己制订,直到成功谋杀自己……如向日葵般忠诚,她们追逐的,却是死神镰刀之光。这些写作的女性没有体验衰老的感受,因为,她们没有得到过一个完整的晚年。W、O、R、D……在打字机键盘上敲击的每个字母,都可能是陷阱突然翻转的、令人踏空的小小圈套。

从某种程度上说,这种伤害和危险恰是灵感的来源,看似非法的交易以命作赌。所谓艺术品,就是在她们的心脏和头颅里雕镂,身体和精神因此千疮百孔。在她们眼里,"幸福"总是显得俗套,散发出难以祛除的有贬义倾向的体味。她们很少写哪怕只是低糖分的句子,她们习惯更多的苦,诗句像被直接碾轧过的血肉。与休斯分开如遭撕扯的普拉斯疯狂写作,也许是亡命徒般离去的预感,也许写作是她对死亡诱惑的挣扎、抵抗与自救。一切,有如潮汐,在离去时,海滩露出斑驳的死物和生机勃勃的活体……它们共同形成普拉斯的灵感，形成裸呈而致命的诗歌。

普拉斯生前绝未预料自己不久将成为女权运动的偶像和烈士。不错，她在诗歌里表达女性的抗争，但她同样表达了妥协与屈服。从爸爸到爱人，从父权到夫权，她的经历看起来更像失意者，尤其是婚姻的牺牲品。其实，婚姻并不那么容易令人做出事实判断，就像普拉斯形容过的钟形罩，象征某种巨型而透明的笼罩，它既提供保护，又限制着自由的翅膀——普拉斯像只头破血流待在里面的受伤之鸟。后来普拉斯赢得的哀荣，与休斯关系很大——我们很难剥离她与休斯的关系所带来的利弊，就像很难剥离普拉斯身上传统与现代的矛盾。普拉斯绝大多数的作品，是她去世后由休斯整理、编辑、出版的——普拉斯的自传体小说《钟形罩》在美国出版，连续数月居畅销书排行榜之首；《普拉斯诗选》获普利策诗歌奖，已故作家极少获此殊荣。不仅如此，休斯谈到普拉斯的"自杀尝试和意外幸存"，谈到普拉斯的某个短篇如何"像马戏团空中秋千的回旋光芒一样萦绕深切的恐怖：她的电子休克治疗经验带领她逃出了那远离自毁倾向的冬眠期"……他比任何人都更理解她扭曲的心灵。

休斯的第一本诗集《雨中鹰》是献给普拉斯的。休斯生前出版的最后一部作品《生日信札》,汇集了他几十年来默默为普拉斯生日所写的八十八首诗作。10月27日是普拉斯的生日,在最后一次度过亡妻生日后的1998年10月28日,休斯死于癌症治疗期间的心脏病。这是彼此折磨一生的感情生活,这是纠缠到最后的怀念。休斯与普拉斯初见时,凶狠的吻与血痕已注定这场狂暴的传奇。第一本和最后一本都是献给她的……命运,像条咬噬尾巴而毒死自己的环蛇。

无论情爱或生命,原本就是一场美如烟花的幻觉……我们唯有靠灰烬证明它曾经存在。

5

对魔鬼的充分认识能够有效地抵制它。

——弗兰纳里·奥康纳

许多女作家的写作焦点,终生围绕在解决与配偶或与母亲的关系上。无论是从事文学研究,还是出于读者的八卦心态,我都愿意挖掘作家的情感线索,以期了解作品的成因。弗兰纳里·奥康纳是一个我极度偏爱的作家，但从有限的资料里我找不到有关于此的任何信息，是否是因为她的疾病与早逝？与普拉斯一样，奥康纳也是童年丧父，也是英年早逝，并同样是死后赢得重要的奖项。但奥康纳从未受到婚姻的束缚，也没有体验过恋爱带来的剧烈冲击和强力撕扯，我们在她身上找不出爱情的勒痕。

奥康纳的父亲很早死于红斑狼疮，她备受父爱呵护的童年也随之结束。作为独生女，奥康纳继承了父亲的遗传基因，二十五岁时同样被确诊为红斑狼疮。她当时靠输血度过危机，后经注射当时尚在实验阶段的激素得以控制病情。大剂量使用的激素使奥康纳骨质疏松，她的髋骨不能支撑体重，她起初借助手杖，等到三十岁时不得不依靠铝制拐杖才能行走。疾病缠身，奥康纳的骨头和关节疼痛，脱发严重，坏死的牙床进食困难……直到三十九岁，她同样死于红斑狼疮。

一生的大部分时间，奥康纳和母亲以及三位姨妈住在农庄。奥康纳痴迷鸟类，养殖鸡、鸭子、鹌鹑、天鹅和孔雀。有张照片就是她架拐站立，欣赏她养在庄园里的孔雀……相比之下，孔雀有着更为强健的腿力，它们可以支撑收束其后的华丽而嚣张的尾屏，并在簌簌作响中轰然开屏。据说奥康纳五岁时，教会了她所喜爱的矮种鸡倒退行走，曾被百代电影拍成滑稽短片放映。黑白胶片里，五岁的奥康纳一晃而过，形象是像童星秀兰·邓波儿那样的洋娃娃；七岁时奥康纳的照片，显露出近乎男孩的英气和超乎年龄的严肃；及至青年，奥康纳变成一个标准文员的模样，像个公司里平凡的打字秘书；再后来，奥康纳戴着眼镜，包着头巾，脸上那种古怪而早衰的成熟，使她跟老年杜拉斯的类型相似，仿佛潜藏着随着岁月推移就会逐渐显现的丑陋。也许这是多年患病导致的摧毁……所谓疾病，就是一种日常化的身体暴力。

然而，奥康纳并不自怨自艾，她乐观幽默，惯于自嘲，顽强到堪称强悍。奥康纳有过的唯一一次出国之旅，是前往欧洲的卢尔德。这座小城是天主教的朝圣之地，据说那里的泉水能治愈疾病，尤其是瘫痪，所以每年会聚慕名而来的残疾旅客。奥康纳在一篇描写此次疗养之旅的文章中写道："在那儿，我为自己正在创作的小说祈祷，而不是为我的骨头，我没那么关心自己的骨头。"她认为,"除写作外我不需要做任何事,为此我可以藐视我的病,视它为一种福分"。如影随形的疾患,以及死亡那如响尾蛇发动攻击的倒计时预警,让奥康纳的写作变得非比寻常,具有惊世骇俗的震撼力。

她这么总结:"最近几年我在思考两件事:病痛和成功。其中之一单独并不会给我太大影响,但是两者结合起来则对我影响巨大……我认为那些没有得病的人失去了上帝的一次恩典。"不错,这或许是由病痛参与才达至的成功。然而,"病痛"这个词写起来有点抽象,"成功"这个词用得有些潦草。作为一个被死亡威胁的患病作家,奥康纳目标清晰,全力以赴,有着超人的自律和勇敢。她每天坚持打字,即使是过世那年的春天,在医院刚刚输完血,她也要继续动笔——写作是唯一来得及的道路。

我曾设想,奥康纳之所以缺乏情感纠葛,是因为患病的她一直在维修和维护自己,无暇他顾,没有处理爱情的余力。后来,我读她的《善良的乡下人》,极为精湛,让我瞠目结舌的同时,又似有所悟。这个短篇小说写的是,拥有博士学位的赫尔珈三十二岁了，她身材高大、金发碧眼，遗憾的是装有一条假腿。当遇到上门前来推销《圣经》的腼腆青年，享有智力优越感的赫尔珈在其引诱下有些春心萌动。但她自以为是了，这个伪装的"善良的乡下人"是个十足的恶棍。赴约而来的赫尔珈被诱导着，穿过大道、牧草地、森林和山坡，进入贮藏多余干草的老谷仓，并且爬上梯子，来到阴凉、黑暗而生锈的仓顶……最终被丢弃在那里。那个看似恭敬、纯朴而痴情的推销员早已提前走了，离开的时候，他得意而幸灾乐祸，因为此前他摘下了赫尔珈的眼镜，赢得了她的吻，他的提包里还携带着一件最为重要的战利品：那条从赫尔珈身上取下来的假腿。

奥康纳的人物，总是有着非常突出的"生理特征"——身体或心理的畸形感。她在《小说家和他的国家》中这样表达过："一个生动的畸形人物是可以接受的，而一个僵死的正常人却是不可接受的。"其实在奥康纳的作品中，我们很难从字里行间捕捉到作者的个人轨迹和自我意识。但《善良的乡下人》里的角色赫尔珈，有条行动不便的假腿，奥康纳似乎借此主动对拄拐的自己进行反讽。奥康纳是否毫不在乎自己的某种残疾,才无动于衷地将之用作小说素材?抑或,那个心酸而残酷的结尾,其实是对自我的预警、告诫、恐吓和惩罚?……爱情,是不是一条彻底被她自我否决的道路?

作为相貌平平的未婚姑娘,奥康纳因其才华和性格依然不乏爱慕者。她对待感情非常冷静,她的热情似乎在别处。一位老师曾做证,奥康纳没过多久就能成为圈子里的明星,但她"用她的讽刺吓倒了男孩子们"。相对于许多女作家跌宕起伏的戏剧化人生,奥康纳的情感经历相对空白。如果勉强寻找,有个似是而非的短促瞬间,在《善良的乡下人》里留下线索。

一个名叫埃里克的丹麦人,曾经在1953年的某天路过奥康纳和她妈妈的农场,结识了她们母女。埃里克推销的并非小说里的《圣经》,而是大学教科书。据奥康纳的传记作者说,两人之间"至少带有一点浪漫的痕迹"。这点介乎友人与恋人之间的亲近,让奥康纳和埃里克之间有了一次尴尬到败兴的接吻。事后埃里克这样回忆:"当我们接吻时,我觉得她的嘴几乎完全松弛,这使我的嘴唇没有挨到她的嘴唇,而是碰到了她的牙齿,像是在吻一个死人。"小说中的骗子拿走了姑娘的假腿，从此杳无音信；真实生活中的丹麦人返回国内，奥康纳还保持着与他的通信，并且在男方已婚后，满怀"最美好的祝愿、情感和祈祷"期待着："我们很开心你计划返回南方，希望我们可以帮助你，让你的妻子在这里有家的感觉。把我们当作你的自己人，因为我们便是这样想你的。"奥康纳善意的书信，与埃里克像是吻到一块石碑或者骨头般无情的话，形成一种尖锐的对比。

他们之间，只有浅尝辄止的吻。也许，奥康纳只有在写作里拥有非凡的天赋，在爱情领域笨拙无比；也许，奥康纳太过孤寂，她会陷入一时的软弱与妥协，但在陌生的情感领域又有所犹豫；也许，受损的健康使她根本无暇他顾，在爱情面前止步是她出于理智的退让；也许，奥康纳根本志不在此，她并不能从情不自禁中得到快乐，吻触不过是游戏性质的一时体验；也许，奥康纳对丹麦青年并无缱绻深情，她的僵硬只是某种礼貌的拒绝；也许，奥康纳总是用诙谐甚至嘲讽的口吻来谈论自己的痛苦处境，亲密接触的刹那，她的心神已经游离出去旁观。总之，人们可以把男方的一面之词当作辛酸的证词，也可以当作滑稽的笑柄，来说明奥康纳的笨拙、怪诞、疏冷或纯真无邪……当认识的人回忆起奥康纳，说她"在某些方面，确实天真得不可理解"。

就是这样的弗兰纳里·奥康纳，生活在农庄微型的母系社会里，生活在一群禽鸟之间，难以自如远行，连像样的恋爱经历都没有，她却写出如此惊世骇俗的作品。奥康纳想象力超群、才华横溢，有着别具慧眼的洞察力。她的描写像斧子一样，前端的斧刃足够薄，后面的斧头足够沉，结合了精度和重量，无往不至。奥康纳的文笔离奇、阴暗、陌生、冷酷、凶狠、暴戾，同时极其幽默、生动、神秘和美妙。伊丽莎白·毕晓普说奥康纳："她的作品比十几部诗集有更多的真正的诗意。"因为"充满了野蛮、同情、闹剧、艺术和真理"，著名诗人罗伯特·洛威尔这样评论奥康纳："我发现很难想象一个更有趣或更可怕的作家。"

我第一次读奥康纳的作品时，就像真的挨了一记闷棍。暴力和不幸事件在她的小说里出现得如此频繁：枪杀、溺水、大火、猝死、抢劫、车祸，层出不穷。《好人难寻》收录十篇小说，全书死了十人，平均每篇小说死掉一个。奥康纳真是狠啊,写得那么结实。她在平静叙述中隐藏凶险,让人毫无提防就发生陡峭的翻转——此前读者和戏中人物一样,并不知道自己多么临近悬崖。漫不经心,循序渐进,手起刀落,杀人如麻,超然物外。天啊,弗兰纳里·奥康纳,她根本就是一个无法被学习的作家。

有人对阅读奥康纳感到不适,不知所措。让人最为震惊的,是奥康纳出生并成长于天主教家庭,她一生虔诚,似乎没经历过信仰危机。她过着修道士的规律生活,总是前往教堂祷告,床头永远放着《圣经》。她在生活中,竟然成了恭顺听话的乖乖女,她曾致信神父,请求准许她阅读作品被列为禁书的纪德。奥康纳连想读一本禁书都要请示,既然如此,她怎敢写得百无禁忌、居心叵测、近乎邪恶?

她的小说在早期遭受过宗教媒体的批评,指责她的作品是"对《圣经》的粗暴否定"。奥康纳的认知恰恰相反——"因为我是一个天主教徒,我更能胜任艺术家","我阅读很多神学作品,因为这让我更大胆地写作"。她是笃信者,并且拥有不可思议的爱、勇敢和自由。她的作品,反思的主题是爱与罪,是天启与救赎。至于那些夸张而惊悚的写法，奥康纳解释："对于耳背的人，你得大声喊叫他才能听见；对于接近失明的人，你得把人物画得大而惊人他才能看清。"为此她坚持："有些时代是能够向读者求爱的，有些时代却需要更为激烈的东西。"

种种矛盾之处，都是围绕在奥康纳身上的谜语。再次回到《善良的乡下人》和那个丹麦青年的呼应关系上，回到读者始终迷惑的问题上。奥康纳到底置身一个怎样的内心世界？丹麦青年埃里克对那个吻的刻薄描述，无异于羞辱和伤害，就像抱走了赫尔珈那条木质的假腿，是否智慧的奥康纳早已做出先验的判断？是否奥康纳根本就处于"无性的世界"，一吻只是验证了她的麻木和抵触，她没有半点世俗的情欲，唯有对上帝的满腔奉献？还是说，情感受挫的她，利用小说完成了对男主和自己同样恶意满盈的报复，因为文字和宗教的力量足够她释放所有的敌意，从而在现实中变得豁达宽广？抑或，奥康纳太纯真了，因精神的纯真才能在文字里享有作恶的果断，就像只有清澈的水滴才能倒映万物，只有无邪的孩子才能犯下不被道德困扰的罪行？

我读弗兰纳里·奥康纳的散文和书信集时，得到某种解读，和我的猜测有所呼应。作家可以在小说中隐匿自己的身影，在散文里却难以擦除指纹，其态度、倾向和立场会得到直接的呈现。奥康纳令人战栗，她可以轻描淡写地完成掷地有声。

她说："对魔鬼的充分认识能够有效地抵制它。"

她说："罪恶并不纯然是一个要解决的问题，而是一个要忍受的神秘。"

她说："我不知道同情是爱的开始，还是爱的腐败；也不知道爱完美的事物更难，还是爱衰弱的东西更难。"

在我看来，奥康纳只用这样一句话，就完美诠释了在虔诚教徒和邪恶作家之间存在的所谓矛盾。她说："你只能凭借光来看见黑暗的东西……而且，你借以看见的光可能完全在作品自身之外。"

这个没有活到四十岁的天才令我迷恋，她是如此磊落与出色，无畏非议，毫不犹豫。因为虔诚，她才看似邪恶，因为残忍背后是至深的怜悯。正因为她在生活里是严肃而执拗的，才会在文字里释放那么强烈的反讽与幽默。这是一种对峙，也是一种平衡，她的作品因此充满张力与强度。

什么是美？从黑暗里镂出来的光。这是她躲避黑暗的方式——深入其中并持久闪耀。由此证明，黑暗并非不可击穿，我们就是它的溃口，就是能够隐藏其中并透出的光线。

6

她等待刀尖已经太久！

——茨维塔耶娃

如果说奥康纳的写作不需要爱情，茨维塔耶娃则相反，她需要无时无刻不在的爱情——就像需要水和空气，否则活不下去。她写道："命运的经卷/对一个女人毫无吸引力/对她来说/爱的艺术是世上的一切/心，对所有的春药/最衷情/一个女人天生就是一种/致命的罪孽。"

茨维塔耶娃与里尔克、帕斯捷尔纳克的三人关系，是著名的诗坛佳话。1926年，帕斯捷尔纳克写信给里尔克，介绍茨维塔耶娃，并请求里尔克把诗集寄给茨维塔耶娃。其时，里尔克在瑞士，帕斯捷尔纳克在俄国，茨维塔耶娃正流亡法国，在巴黎过着拮据的生活。他们相互通信，那是至深的渴望，那是源自内心的交响乐——像恒星发射着强劲的电波，尽管相隔遥远的距离，他们的情感、才华和见解彼此照耀，像光束穿透宇宙之间黑暗的光年。

不过，这段佳话在传诵中被渲染与赞颂，在许多文学爱好者眼里，已提纯为一场伟大到失真的传奇，诸多历史细节不被追究，乃至被蓄意忽略。我们知道，1926年10月，患有白血病的里尔克采摘玫瑰时刺破了手指，引发急性败血症，死于他无数次书写的玫瑰。可早在死去之前，里尔克就停止给茨维塔耶娃写信了。茨维塔耶娃的激情易燃，表达直露，诚挚而莽撞，猛烈而无所顾忌。她的爱储备着巨大的能量，甚至只需要对方几瓦感情的酵母，她就可以在自恋般的爱意与想象中陶醉到疯狂。面对"我爱你，我想跟你上床，就这么简单，这是友情难以企及的简单……"这样无所顾忌的告白，以及茨维塔耶娃对约会的时间和地点的要求，里尔克心生畏怯。尽管里尔克的情史丰富，尽管只是书信里的炽烈，尽管里尔克与克拉拉、莎乐美、侯爵夫人等有更多、更亲密、更深入的书信来往，但茨维塔耶娃进攻性的大胆奔放，还是让病中的里尔克以诗人的敏感察觉到不安，并迅速以礼貌的方式退场。这是纸上的拥吻，茨维塔耶娃与里尔克通信时间不过数月，其实他们终生没有见面。

而流亡海外的茨维塔耶娃与帕斯捷尔纳克在通信期间一共见过两面——尽管有过多次见面之约。1935年帕斯捷尔纳克赴巴黎开会时，终于再次与茨维塔耶娃相遇，他们泛泛交流之后匆匆分开。通信里的情投意合并未换来现实的热烈，曾经的默契变为意外的尴尬。茨维塔耶娃与帕斯捷尔纳克通信长达十三年，尽管她假想帕斯捷尔纳克是未来的丈夫，并想和他生个儿子，但这些都是假设，似乎超越世俗的爱意根本无法逾越俗世的门槛。

虽然与帕斯捷尔纳克是柏拉图式的恋情，但茨维塔耶娃并不排斥肉体的欢愉。她贪图情欲的享乐，这不仅安慰她的孤独，也激发创作的灵感。正因她自己是个带电体，才能频频遭受爱情的电击。茨维塔耶娃一生爱过很多人，她与曼德尔施塔姆有过短暂的爱情关系，也爱过丈夫的亲兄弟，以及同性的帕尔诺克。如此孜孜不倦、迫不及待，她的灵魂有一种剧烈的饥渴——不停歇、不满足，她永远像个感情中的饿婴。即使痛苦和受挫，她也能像雌壁虎一样，有着惊人的爱的再生能力。茨维塔耶娃如此浓烈地渴望爱情，如此频繁地需要肉体与灵魂的结盟，又这样能量汹涌、缺乏克制、不计后果……人们容易把疑惑的目光，转向她的丈夫埃夫隆。

事实上，茨维塔耶娃基本上以失败告终的情爱，并非在向婚姻复仇，但她一生中最为重要的转折都与丈夫埃夫隆相关。他们在彼此的纠缠与折磨中不离不弃，算得上同生共死。

1911年，茨维塔耶娃与比自己小一岁的埃夫隆相遇，他俩的生日是同一天。次年，两人结婚。茨维塔耶娃将他们的结合视为上天的神迹，并说："我和埃夫隆真心相爱，此生永不分离。"虽然婚后受过种种挫折，但埃夫隆因参战而失踪的时候，茨维塔耶娃四处写信寻夫。埃夫隆的政治立场有过数度变化——那不像是主动的选择，更像被动而软弱的摇摆，甚至有资料说埃夫隆是斯大林时期的苏联间谍，曾经参与过对叛逃者的追杀。但茨维塔耶娃就像给埃夫隆的信中所写："你只要还活着，我就会像条狗一样地追随你。"1922年，茨维塔耶娃投奔流亡到德国的丈夫，后又辗转布拉格和巴黎，最后回到俄国。埃夫隆也说过，他和茨维塔耶娃谁离开谁都不能活。一语成谶。1941年埃夫隆被捕并遭枪决，同年茨维塔耶娃自缢身亡。

埃夫隆在1923年12月给远在俄国的老友瓦洛申写了一封信，这是对研究茨维塔耶娃的创作非常重要的材料。他的确太了解她了！"茨是极易动情的人，比先前我离开时还要变本加厉。没头没脑地投入感情风暴成为她的绝对需要、她生活的空气。由谁煽起感情风暴此时并不重要。几乎永远（不管是现在还是先前）建筑在自我欺骗上。情人一经虚构出，立即刮起感情风暴。如果煽起感情风暴的那人是微不足道的、目光短浅的，很快便会现出原形，茨便又陷入绝望的风暴。直到新的煽动者出现才有所减弱……今天绝望，明天狂喜、陷入爱情、献出整个身心，过一天重新绝望。而一切都是在敏锐而冷静的头脑支配下发生的。昨天的煽动者今天刚遭到机智的、恶毒的嘲笑，并通通被写进书里,一切都将心平气和地、精确地化为诗句。一个硕大无朋的火炉,要点着它需要木柴、木柴、木柴。无用的灰烬抛掉,而木柴的质量并不那么重要。只要通风好,总能燃烧起来。木柴坏,烧得快;木柴好,烧得慢。不用说,我早已点不着火炉了……她回家了,可心里老想着别人。人不在跟前反而能使她感情升温。我知道她确信自己失去幸福。当然只到不久就将出现的下一个情人之前。现在一心写献给他的诗。对我视若路人。不让碰她,老发脾气,几乎到了恨我的地步。我既是她的救生圈又是套在脖子上的磨盘。……生活快把我折磨死了。我坠入五里雾中,不知如何是好。一天比一天更糟……"一个月后,埃夫隆继续写道:"最近一个时期我总觉得即将返回俄国,也许因为受伤的野兽往往爬回自己的洞穴。"埃夫隆是个绅士,擅长隐忍,但茨维塔耶娃追求自己的同学罗泽维奇,一度使他难堪到无法承受。1925年,茨维塔耶娃生下儿子格奥尔基,这个孩子正是茨维塔耶娃和丈夫的好友罗泽维奇的结晶。

她是那样一个女人:多情、主动、直接、感性、彻骨、咄咄逼人……她的内心像个总在发情期的母兽，感情骤燃，充满蛮力。很多人的感情储量恒定，舀去一勺就减少一勺；而她有个魔碗，即使被掠走一半，剩下的马上疯长回碗沿。无论有多少次经历，也不能累积为经验，她永远是幼稚的、急迫的、糊里糊涂的、掌握不好火候的、迷失而狂热的。远距离的关系似乎更适合她，她与许多人几乎没有什么实际接触，就已结成精神上的同盟。她为生死未卜的丈夫写诗，为遥远之处的某个人写信……触不可及，正好让现实不构成干扰，她的想象强大到足以制造一个比现实更结实的建筑。她的热情，几乎等不及对方的回复，就已完成对感情的自我美化与肯定；假设对方的回应挫伤了她的自尊，她可以另换人选，以重新开始这样的程序和循环。茨维塔耶娃并不长久忠诚于某个具体的爱人，她忠诚于爱情本身。

之所以如此，有性格或命运的各种潜因，我想，至少并存数种可能。

因为她孤独。无论无心还是蓄意，茨维塔耶娃与祖国的诗歌阵营，与流亡的侨胞圈子，都保持疏离，不那么合群。但是写作需要读者的回声，就如她在给帕斯捷尔纳克信中所写："我写作的时候，除了作品什么也不想;写完以后——想念你;发表以后——想所有的人。"每每写完作品,她需要得到立即的反馈。她喜欢朗诵,只要有人请求,甚至不等请求,她自己就主动表达:"想不想听我来给你们朗读诗歌?"茨维塔耶娃越是孤独,越是急于找到灵魂的相知。我想到一句卡夫卡的话,分外悲伤:"我永远得不到足够的热量,所以我燃烧——因为冷而烧成灰烬。"

还有,我们看到的疯狂,可能是她的慷慨,她在进攻里包含渴望奉献的一切。能量多得满溢出来,自称"同时可以爱十个男人"的茨维塔耶娃,在《我砍开我的血管》这首诗里,修辞凶猛:"我砍开我的血管:不可遏制/不可回返的生命喷涌向前/快接住你的盘子和碗/很快,每只碗将会太小/每个盘子显得太浅。"茨维塔耶娃与曼德尔施塔姆在国内战争期间,有过短暂的爱情关系。后来,娜杰日达·曼德尔施塔姆——这位文学史上的伟大遗孀——靠记忆使曼德尔施塔姆的诗歌得以存世,她说:"与茨维塔耶娃的友情关系,在我看来,在曼德尔施塔姆的创作中扮演了重要的角色。"她认为,正是因为遇到"光彩夺目的、野性的"茨维塔耶娃,曼德尔施塔姆的创作才发生了重要的调整,并且"她在他身上打开了生命的爱,和一种能力——一种发自本能的和无羁的爱的能力"。根据她的看法,"茨维塔耶娃拥有一种灵魂的慷慨,不自私,从不要求相等的给予。它直接地出自她的任性和激情,而这些,同样不要求相等的回应"。茨维塔耶娃的女儿这样描述自己的母亲:"她为人慷慨,乐于帮助他人,最后的急需物品也能和人分享,她没有多余的东西。"种种资料表明,茨维塔耶娃愿意在各种情感关系上和人际交往中展现个人魅力,并且渴望奉献自己的身体、才华与激情。我想,她是特殊材质的女人,具有惊人的感情储量和爆发力,她强悍到,能够经得起连续的给予与摧毁。

也许最重要的,是写作。我需要再次引述埃夫隆的信,注意这段:"一切都是在敏锐而冷静的头脑支配下发生的。昨天的煽动者今天刚遭到机智的、恶毒的嘲笑,并通通被写进书里,一切都将心平气和地、精确地化为诗句。一个硕大无朋的火炉,要点着它需要木柴、木柴、木柴。"茨维塔耶娃迎接爱情的动荡,也能平息爱情带来的损耗——只要它们转化为写作的燃料。受到限制的时候,爱情就是她的自由；在悲惨落魄的时候，爱情更是她的享受……无论任何时候，爱情都是对平庸现实的反抗，就像诗歌一样。不过爱情确实是俗世的情感宗教，当你成为信众，你将迷狂、高烧，失去自我免疫，将在其中每日祈祷，如果不是祈祷幸福，就是祈祷死——就像诗歌一样。每当茨维塔耶娃疯狂追求爱情，她总是渴望与对方的肉体融合生下"儿子"。她多次表达渴望，无论是与罗泽维奇、帕斯捷尔纳克或巴赫拉赫，她总想和他们生"儿子"。难以分辨，"儿子"到底是孩子还是诗歌，她表达的，到底是她作为女人的生育渴望，还是作为诗人的创作激情。我们知道，茨维塔耶娃极具艺术直觉，她的写作也需要调动生理性的本能，才能达至高潮。感情中的混沌和盲目，对她的创作来说反而是一种理性和自觉。她无须挑剔，无论是艺术上的大师，还是平庸甚至是想象中的情人，只要能激发她的创作火焰——烈火吞噬一切，木柴、纸团或尸体。无论是爱情的催生还是毁灭，都使她的才华得以在其中成倍增长，就像海浪遇到鼓动的暴风或阻碍的悬崖。何况，爱情已是茨维塔耶娃的自限性疾病，她承受忐忑、迷醉与狂喜，也承受挣扎、高烧、谵妄与种种撕裂之痛,之后总会自愈的,并且留下诗歌的结晶。她就像去苦涩的海水中取盐,那些诗句,有盐度和硬度,还有闪耀如钻石的光度。所以,她根本不需要从所谓糊涂与挫折里吸取什么教训,恰恰相反,她从中获益。她愿意忍耐身体的不良反应,将之视为对艺术的自救。她从来都是愿意为诗歌燃烧的,她早已将之视为命运,并接受坦然的牺牲。所有的爱情都来吧,因为她需要引燃自己,让文字的火焰升腾。她认为,文学是靠着激情,靠着偏爱,靠着极端和纯粹来推动的。对于想要表达的,她一直要说到允许表达的终点。她有凶狠的柔情,她的肉体、灵魂和才华都是一体的,她的语言、个性和命运都是极端的。

茨维塔耶娃的父母都是艺术家,她一生充满了挫折、打击、变故与死亡。历史上许多耀眼的天才死于被毁的命运,原因有个人的,有社会的。与一切都不协调的茨维塔耶娃可以说参与完成了自己的悲剧,但最大的力量,来自时代压迫下的厄运。她的丈夫失踪、流亡,而后被枪决,她的孩子被流放、被饿死,她不断忍受着贫困、饥饿、流亡与诀别,甚至作品也不被允许发表,她不得不靠帮厨或打扫卫生之类的粗活来糊口。1941年,没有任何生计来源的茨维塔耶娃向作协恳求一个洗碗工的岗位,被拒之后,她自缢而亡。她的遗言极其简短,几乎没有什么文学意义的修辞,只是告诉自己未成年的儿子以及因被捕而生死未卜的丈夫和女儿,直到生命的最后一分钟,她都在爱着他们。茨维塔耶娃对死亡的唯一忧虑,只是请求人们"不要活埋我,检查仔细点"。这是那个写下"我不会背叛我灵魂的鸽子,以它来取悦蛇的下颌"的孤傲灵魂,最后乞求一点落实在她遗体上的关怀。茨维塔耶娃随后被埋在一个无名墓中,没有谁参加葬礼,甚至她儿子也没去。她终生渴望爱的获得与给予,离去时无一亲人。这样一个饱满、生猛、孤傲的灵魂,像牲口一样被套住脖颈,悬于一线,最后死于窒息和绝望。女儿曾回忆茨维塔耶娃:"她不太害怕炎热,却特别害怕寒冷。"她是烧灼的,不惜以自己为燃料……直到,火死灰寒;她是汁液充盈的,空气中全是她慷慨的香气……直到,像烂掉的果实从梗柄处折断。

茨维塔耶娃的这首诗,几乎成为她一生的注解。"脚踝上的脚镯多么残酷/骨髓渗进了铁锈!/生活:刀尖，爱人在上面/跳舞——她等待刀尖已经太久！"

她的悲剧命运和天才能量都太强烈了……耀眼到刺目。隔着时间和语言翻译，我们依然能够感受到那种孤绝的光芒，那种丰沛的激情和超载的力量。她的文字灼烫，燃烧的同时又有凛冽寒意，火焰之中有灰烬。任性到痛彻，热烈到绝望，强悍到极端……茨维塔耶娃表达奇诡，叛逆而具颠覆感。即使她不惜肝肠寸断般地自毁，也具有咄咄逼人的攻击性。她的作品如此有力，以至于我觉得必须是"茨维塔耶娃"，而不是"茨薇塔耶娃"，否则就无以表达那种合金般的质地。

我最喜欢的茨维塔耶娃作品，是她的回忆录。恰巧，我偏爱的几本回忆录都与俄国相关，比如纳博科夫的《说吧，记忆》，比如曼德尔施塔姆夫人的回忆录。东方出版社在2003年出版了一套五卷本的《茨维塔耶娃文集》，其中的回忆录是她对1927年至1937年间自己早年经历的回顾——纪念碑式的写作，令我深受震撼。其中的人物，无论是母亲、普希金，还是幻觉中的鬼，她都写得如此传神——"传神"在此处作双关解：一是传达出传主的神韵，二是透露出神明的参与。她的风格铿锵而奇诡,只能相信,神使她的句子在腕力下运行。其实对于遣词造句,她既是天才,又有手艺人的极度精心。她给丈夫的一首诗,第二节曾有四十余种不同手稿。她在笔记本里记下了大量构思和修改方案,反复筛选和推敲。

我曾想过,对茨维塔耶娃的作品,读者需要甄选译本,因为她的文字里蕴含着狂野的自由和天赋的教养,天才能掌控那种剂量之间的平衡,假设译者不具备舌头上的精确味蕾和笔头上的精确火候,就难以微妙传达,或因粗糙失去其中韵味,或因规矩失去其中活力。不过,茨维塔耶娃太强悍了,强大到经得起误读和错译。是什么练就文字如此的材质?是轻而易举的爱情,是亡灵喃喃不息的耳语,还是苦役般对词语千万次的锻打?她真是拿命来写的人啊。没有工具,她用手指凿挖现实的硬砂岩。我觉得,这双作家的手,即使指头流血、甲缝藏泥,也是一双世界上最干净的手。正如她在日记里写的:"我可以吃,以一双脏手/可以睡,以一双脏手/但是以脏手来写作,我不能……还在苏联时,当缺水的时候,我就舔干净我的手。"

7

我闪烁着生存的光辉。

——苏珊·桑塔格

获得1987年诺贝尔文学奖的约瑟夫·布罗茨基在获奖演说上,提到三位俄国诗人:曼德尔施塔姆、阿赫马托娃和茨维塔耶娃。布罗茨基致敬他所崇仰的诗人们说:"在最好的时辰,我觉得自己仿佛是他们的总和——但总是小于他们中的任何一个个体。"这位饱受肉体苦役和精神折磨并被苏联驱逐出境的流亡者,在自己的书房,在写作的打字机前,摆放着茨维塔耶娃的肖像——布罗茨基毫不犹豫地宣称:茨维塔耶娃是二十世纪最伟大的诗人。

"他确实做到了——他的同胞们都同意,他是那个时代唯一继承曼德尔施塔姆、茨维塔耶娃和阿赫马托娃的人。"这是苏珊·桑塔格对布罗茨基的评价。她还指出:"家是俄语。不再是俄罗斯。也许,对很多人来说,他生命后期令人吃惊的决定,是他在苏联解体之后以及在无数崇拜者的力劝之下,仍拒绝哪怕是短暂地回国访问,以此表明他的立场。因此,他在别处——这里——度过他大部分的成人生活。俄罗斯是他的思想和才能中一切最微妙、最大胆、最富饶和最教条的东西的来源,而它竟成为他出于骄傲、出于愤怒、出于焦虑而不能回去也不想回去的伟大的别处。"

对于苏珊·桑塔格来说,这篇评论写得一般,远远不及她其他篇目那样炫目。但每当我发现自己偏爱的作家之间,有着这样那样的情感联系,就有种近乎安慰的喜悦。比如读西格丽德·努涅斯——她曾是桑塔格的秘书,桑塔格儿子的女朋友,她在《永远的苏珊》一书中追述与桑塔格母子共度的时光,我在中译本的第十九页找到一句迷人的信息:"苏珊开始和约瑟夫·布罗茨基幽会。"当然,相比桑塔格一生中其他更为紧密或长久的关系,这段情感的知名度似乎不高。桑塔格曾坦言经历过九段恋情——五位女性和四位男性。不过她说:"我的肉体生活相比我的精神生活不值一提,不过是些陈词滥调。"

苏珊·桑塔格与西蒙娜·德·波伏瓦、汉娜·阿伦特并称西方当代最重要的女性知识分子。被誉为"公众良心"的苏珊·桑塔格，在美国几乎是家喻户晓的人物——她是真正的偶像，使知识分子同时具有明星的魅力和学者的尊严。

我第一次看到苏珊·桑塔格的照片，就被她的样子迷住了——似乎简单说"喜欢"，已经是对她的某种不敬。苏珊·桑塔格的容貌非常风格化，是那种严肃而知性的好看，正好匹配她令人倾倒的智慧。照片中的苏珊·桑塔格兼具男性的阳刚与女性的妩媚，她的眼神坚毅、犀利而桀骜。年轻的时候，她令人怦然心动又肃然起敬；即使老了，也很少有人像她那样我行我素，老得那么威风凛凛。苏珊·桑塔格发量浓密，粗硬的发丝之间，像是蕴藏彼此不妥协的静电；中年时她的标志性头发，是满头黑发中一缕标志性的白发，像道永不熄灭的闪电；只是到了晚年，她是短发，并且像钨丝那样银耀光芒，像层菌丝那样柔软服帖……无论什么阶段，苏珊·桑塔格始终气势如虹，仿佛晚年的她依然有能力分娩一个关于未来的有力的婴儿。她的照片，就像是她灵魂的样子。

苏珊·桑塔格的照片多为著名摄影师安妮·莱博维茨的作品。安妮·莱博维茨的镜头里囊括了无数名流,是"能劝说任何人脱掉衣服的摄影师"。我们都见过她的作品,比如那张裸体的约翰·列侬侧抱着黑衣黑发的小野洋子躺在地板上的照片——照片拍摄几小时之后,约翰·列侬就被自己的疯狂粉丝枪杀了。一个是意见领袖,一个是艺术大家,苏珊·桑塔格与安妮·莱博维茨相识于1988年。当时三十九岁的莱博维茨为五十五岁的桑塔格拍摄随笔集的封面,此后她们搬进纽约同一栋公寓大楼,成为情感和生活的伴侣。

同性取向曾是讳莫如深的话题,现在早非禁忌。在我最喜欢的女作家中,同性恋或双性恋不少,比如伊丽莎白·毕晓普和玛格丽特·尤瑟纳尔等。关于这个问题,我出于好奇,向一个并不避讳双性恋身份的朋友求证:"仅就性爱体验而言,你的倾向是什么?是男性还是女性带给你更多的享受?"他诧异地望着我:"这种事怎么能按男女来区分呢?我面对的是独特而具体的个人,要看感情,而不是性别分类。"他的回答,改变和丰富了我的认知,令我吃惊、震动,甚至有点儿羞愧。我们选择爱侣或配偶,往往看容貌、看能力、看地位,这些难免包含着条件的选择,是现实，也是或多或少的势利。性别取向既有天然，也有后期教化的成分，我们一直戴着社会和生理的枷锁。我从来没有以朋友的角度去设想过，他所选择的，他所渴望亲近的，不是抽象的"他"或"她"，而是血肉包裹下有质感的独一无二的"这个人"。那么，我所热爱的那些雌雄同体的灵魂，她们尊重自己和他人的个性，听从内心的呼唤，不会驯服于简单的分类原则；她们的想象力自由而野性，她们的爱没有界限；每个爱人都是独立的他或她，性别并不构成选择障碍，她们并没有男女意义上的"种族歧视"，包括肉体享受也是如此。在她们看来，某些所谓道德只是一种被暂时视为典范的习惯，而不侵犯他人的自由大于一切。

安妮·莱博维茨不仅拍摄了苏珊·桑塔格那些摄人心魄的肖像照片，还陪在患病的苏珊·桑塔格旁边，记录了她被疾病折磨的过程——记录她的抗争，记录对她的抢救，也记录她的死。2001年12月，五十二岁的莱博维茨生下一个女孩，陪着她分娩的是苏珊·桑塔格。2004年，苏珊·桑塔格与莱博维茨的父亲塞缪尔相继去世后，摄影师又有了一对同样没人知道父亲是谁的双胞胎女儿：一个叫塞缪尔，一个叫苏珊。

1975年，苏珊·桑塔格在四十二岁的时候被发现乳腺癌晚期，癌细胞已经扩散到淋巴结，危及生命。苏珊·桑塔格曾在访谈中说："因为以前我从来没有生过病，总以为自己的身体即便承受无限的惩罚也能够恢复。"刚开始她吓坏了，之后的反击激进而暴烈。为了彻底清除癌细胞，她选择不惜损毁形象的根治性切除术：双乳全切，包括胸壁的大部分肌肉和腋窝的淋巴结，同时选择带有极端性的化疗方案和免疫处方。尽管极端痛苦，并且医生允许耐受不了的时候暂停，但她从来义无反顾。顽强反抗，使她死里逃生。这强化了苏珊·桑塔格的主观意志——只要她足够强悍，就可以否决死神的决定。1988年被诊断出子宫癌，她继续寻找侵略性的疗法，并坚信自己还是会化险为夷、战胜概率。她绝口不提可能的死亡，她的儿子戴维·里夫后来把这种态度形容为"积极的拒绝"。不仅如此，苏珊·桑塔格甚至充满活到一百岁的长寿渴望。即使化疗的副作用引发严重的神经性病变，过程十分煎熬，她甚至需要重新学习走路，但她依然态度凶狠地对抗命运，似乎死亡只是人生的选项之一，是可以被撤销的。然而，疾病对她纠缠不休，事实上在1975年、1988年、2004年，桑塔格分别被诊断出乳腺癌、子宫癌、白血病，但她从未屈服，她像受伤的猛禽那样奋力啄击死神，甚至将之视为可以吞下去的猎物。苏珊·桑塔格几乎出自本能地反抗权威，而死神是世间最大的权威，是终极的裁判，她到最后也没有被驯服。

在与疾病缠斗的三十年里，苏珊·桑塔格孜孜不倦，她说过："一天只有二十四小时，但我试着以四十八小时来对待它。"即使在化疗途中，她也勤于笔记，给《疾病的隐喻》积累素材，她将强烈的个人经验转化为深沉的智力思考。当骨髓移植手术与药物依次失去疗效，她躺在医院里继续工作，拒绝与亲友谈论自己的死亡，直至生命最后一刻。桑塔格曾提到过，一个临终的作家如何口授秘书打字，并在打字机的噼啪声中过世。据说，君特·格拉斯在死前半个小时还在创作。对写作者来说，那或许是最好的结局——正如苏珊·桑塔格的所言所行。她说："真正爱某种东西就是要希望死于这种东西，或者只活于其中，这是同一回事。"

桑塔格的儿子戴维·里夫回忆母亲的临终情形："她一死去，我就请房间内的其他人离开。我要真切地看一看。我不管不顾地脱去了她的上衣。她全身上下都是溃疡。她的身体，从嘴里到脚趾都是溃疡。痛苦必定十分强烈。她看上去不再疼痛了，这么说，真的死去，反倒轻松了。"疾病是落实于日常的酷刑，她的身体满目疮痍。对常人来说，死神或许有蒙娜丽莎那样吉凶莫测的微笑。苏珊·桑塔格近距离看到的死神是狞厉的暴君，她像个不朽战士那样终生对抗侵略。她并不陈述和描摹自己，置身苦难，使她深切认识到这个世界在隐喻之下埋藏的真相。疾病给患者带来有罪的幻觉，但苏珊·桑塔格以敏锐的洞察力和穿透力，以坚定而清晰的理性，破除文化认知上的妖魔与鬼魅。她在患病之前已完成《反对阐释》，之后的摧残使她越挫越勇，写下《疾病的隐喻》《旁观他人之痛苦》等振聋发聩之作。被桑塔格描述为"当代文学的理想丈夫"的加缪，这样表达："疾病是一座修道院，有着自己的清规、苦行、静谧和灵感。"无论肉体怎样被毁灭，这些作品就是苏珊·桑塔格在废墟上的重建。当我们难以用肉眼判断物体的重量，只要看看秤盘上的刻度，就会了然于心。我们难以想象数十年疾病与治疗的双重折磨和苦难，但看看对称之下她的文字，我们敬畏其中的力量——天赋之上加诸敏感、疼痛和独立，它们所焕发的光彩是巨大的。

苏珊·桑塔格令人望风披靡的勇气，体现在多方面。不仅面对疾病，她带着报复般的仇恨力量反击；她在生活上也是坦荡而无畏。当十七岁的苏珊·桑塔格遇到二十八岁的社会学家菲利普·里夫，十天后闪电结婚，并于十九岁生下了儿子戴维。桑塔格二十六岁时决定与丈夫离婚，按照她自己的说法：和菲利普的关系既没有通过隐私和孤独才能获得的自我提高，也没有伴随着激情而来的辉煌和英勇的自我失去。苏珊·桑塔格提出不要对方的任何抚养和资助，她独自抚养儿子戴维。此后，她只身携带"七十美元、两只皮箱以及七岁的儿子"来到纽约开始生活。无论面对疾病还是生活，苏珊·桑塔格勇往直前，但她最令人尊重的，是一个知识分子承担的责任与行动。

勇气，这个词对桑塔格来说是如此具象，它简直有着自己的体积和体重！她无惧争议，在危险与关键的时刻，她挺身而出、孤往绝诣，做出并不符合"政治正确"的表达，哪怕威胁到自身的安全。她在萨拉热窝内战前线，在枪弹和炮声中前往剧院，指挥当地演员排练《等待戈多》，以隐喻方式声援并表达对世界袖手旁观的嘲讽。伊拉克战争打响，她发表反战长文；美军虐囚事件曝光，她对事件以及美国社会进行淋漓尽致的批判。在印度裔英籍作家萨尔曼·拉什迪因小说《撒旦诗篇》遭到宗教追杀的时候，知识界一片沉默，因为有译者和出版商被伤害或暗杀，人们唯恐自己的发言会带来祸患——又是苏珊·桑塔格，她公开发表声明和演说，抗议对作家的迫害并号召公众加以抵制。她冷静而果断，代表才智和良知，始终保持思考的动力与实践的能力。她甚至自我否定，不是摇摆，而是源于专注、自省和颠覆。苏珊·桑塔格在获得耶路撒冷文学奖的演讲中说："作家的首要任务不是发表意见，而是揭示真相……以及拒绝成为谎言与讹传的帮凶。文学是微妙与矛盾之所，而不是简单化的声音。作家的职责是使人不轻易听信于精神抢掠者，作家的职责是让我们看到世界本来的样子——充满不同的要求、区域以及经验。"

她的声音有时会刺耳,那是因为刺破了我们在平静中的自我保护,刺痛了自我保护中放弃的良心,让我们在不安中重归自省,让我们愧于对社会生活缺乏责任和担当。苏珊·桑塔格不仅留下了丰富的文学遗产,更为知识分子确立了严苛的标准,也为评估重大事件提供了清晰的尺度,因此被誉为"美国公众的良心"。

苏珊·桑塔格擅长穿越现象,直击本质。她的表达充满张力,有真理般的语感。

"世上最令人向往的是忠于自己的自由,即诚实。"

"美——以及对美的关心——是会带来限制的。"

"符合一个现代社群真正利益的,是公正。"

"对事实视而不见的自然倾向,是一种诱惑,它源自我们的直接利益和各种问题在我们心中引起的恐惧。"

"只有我们感到自己有同情心,我们才会感到自己不是痛苦施加者的共谋。我们的同情宣布我们的清白,同时也宣布我们的无能。"

就像逆鳞,一眼能被看到。苏珊·桑塔格的论述不仅精彩,还达到了评论很难达到的感性,甚至有令人怦然心动的性感——她以极为严肃的态度和方式，抵达了思想的极端性感。"我闪烁着生存的光辉"——桑塔格曾这样评论自己。她还把自己概括为："我是一个好战的唯美主义者，还是一个几乎与世隔绝的道德家。"苏珊·桑塔格在描述一个遥远时代时的用语，我觉得也可以用来形容她自身："内省的能量、热情的求知、自我牺牲的准则和巨大的希望。"

苏珊·桑塔格是女权主义者吗？有人认为当然，这是不需要怀疑的；有人犹豫和迟疑，她好像不那么典型。还是那个曾做过桑塔格的秘书、做过她儿子女朋友的西格丽德·努涅斯，这样谈到她对桑塔格的印象：苏珊·桑塔格是一位女权主义者，而且是一名觉得大多数女人都有欠缺的女权主义者。苏珊·桑塔格自己这样表述："我当然承认男性与女性之间存在的区别，不过区别不大。显然，我们文化中的一切都在使这种区别扩大化。根本的区别可能只在于不同的生理结构和性器官。但是我不相信存在所谓女性的写作和男性的写作……我看不出有任何理由，女人不能写男人写的东西，反之亦然。""我对女性怀有强烈的忠诚，但是并没有到只把我的作品投给女权主义杂志的程度，因为我对西方文化怀有同样强烈的忠诚，尽管它深受性别歧视的损害和腐蚀，但它仍是我们的文化。即使我们是女人，也必须与这个被腐蚀了的文化共存，然后努力对它做出必要的修正和改变。""我不会去建立，也不会去废除一种女性文化、女性情感或女性情感的准则。我认为男性变得更阴柔、女性变得更阳刚都没有关系，那样的世界会更加迷人。"

"女性的解放不仅是拥有平等的权利，女性还应该拥有平等的权力。"苏珊·桑塔格强调，"我的观点是要废除一切隔离，我在反性别隔离的意义上是个女权主义者……"的确，桑塔格并不仅仅关心女性，她也关心同性恋、病患、遭到宗教追杀而逃亡的作家、战争中被忽略的民族。如果说，女权主义在本质上是关注弱者和边缘人群，给予被忽略与被损害者以平等，那么它所关注的，就不仅仅是女性。如果只关注一种性别属性，便与女权主义的本质诉求相悖，反而不那么女权主义了。

苏珊·桑塔格在评论里闪耀着思想的光芒，她的一个句子，就够我们在写作中跋涉一生。我简直是抱着一种教徒般的爱去爱她。尽管我几乎凭借本能地信赖她的文学品质和文学声誉,但奇怪的是,我一点都读不进去她自己颇为看重的小说,无论是《恩主》还是《在美国》,都并不喜欢。

8

"尊敬"这种纯金,如果不掺杂一定的恐惧成分,可能会太软。

——尤瑟纳尔

与读苏珊·桑塔格的小说有相似的感受,我曾经也不喜欢玛格丽特·尤瑟纳尔,但后来却经历了巨大的转变。

一个了解我审美趣味的朋友对我说:"你肯定非常喜欢尤瑟纳尔。"我茫然。因为就像读苏珊·桑塔格的小说《恩主》和《在美国》,我第一次试读尤瑟纳尔的作品不解妙处。听他一说,我重新拿出来看,还是没感受到尤瑟纳尔的磁力和魅力,没觉得诱人啊,我没找到文字之间勾人的手指和能把我囚禁其中的饵料。我不甘心,隔了半年多又翻出尤瑟纳尔文集——不是吸引而是排斥了。我一般能够感知文字的肌理和节奏，但我最初看尤瑟纳尔的文字——它们像硬质页岩，词与词之间颗粒感强烈，不水乳交融，却形成稳固的内部结构，我甚至觉得它们是拒绝读者融入的。我想朋友误判了我的审美，在奇迹般的瞬间到来之前，我曾三次把尤瑟纳尔束之高阁。

有一天，我翻找别的资料，尤瑟纳尔的书掉下来。不知道情境和心境发生了什么样的改变，我突然找到了阅读的语感。天啊，我以前怎么抗拒数次?!尤瑟纳尔的作品对初次阅读的读者来说，容易觉得其中包含着先天性的拒绝；必须找到密钥，必须找到那句芝麻开门的咒语，才能豁然开朗，得以进入那个大放异彩的世界。一旦重新发现尤瑟纳尔，我在一个时间段里贪婪地悉数阅读，我不放过每一个字……完全不是蘸取而是沉浸，我像濒临溺亡者那样，因无力抵抗而感到缺氧的虚幻。我愧于自己曾经的轻率，庆幸自己终于没有错过。最经典的文字，如同黑胶唱盘上的古典乐曲，首次倾听时你无法跟唱，可能还略嫌它沉闷，你在其中找不到朗朗上口的节拍和重复性的副歌……然后，有一天，你才发现自己的内心甚至根本不配盘旋那样的旋律，根本不配像唱诗班那样加入对神的唱颂。有的作家让你愉快，有的作家让你沉思，有的作家让你疼痛，而尤瑟纳尔……她让你在膜拜中恐惧。

如果说苏珊·桑塔格的智识反而影响了她的小说表现，尤瑟纳尔则无懈可击。她是我无法评价的作家。尤瑟纳尔就像巨鲸，根本无法盛进任何容器里；或者说，她就是深不见底的海洋本身。她的浪涌，她的旋涡，她的洋流，她的飓风，无论怎样的孕育与毁灭，都在她从容不迫的节奏里。有些女作家性别特征明显，写作焦点终生集中在解决与母亲或者配偶的关系；有些几乎完全消灭了自己，让人无法判断执笔者的性别……玛格丽特·尤瑟纳尔，别说能不能从文字里区分男女的问题，我读《哈德良回忆录》和《苦炼》的时候，美与恐惧的双重压力令我浑身战栗，恍惚于这些是人写的还是神写的——尤瑟纳尔的头脑和胸襟有若神庙，令人敬畏。

"玛格丽特"在法语里是"雏菊"的意思。我们发现，法国文坛上的这两朵"雏菊"大相径庭。在中国的大众阅读领域，玛格丽特·杜拉斯这个名字比她的作品名气还大,而玛格丽特·尤瑟纳尔的知名度,远远低于她不世出的才华。玛格丽特·杜拉斯容易让人惊喜和兴奋,但微醺很快消散;玛格丽特·尤瑟纳尔,进入可能带有一定的难度和障碍,但这是一场宿醉,后劲大,等你意识到的时候已不能支配自己,你将深受其毒。其实,两朵"雏菊"都有天然的沧桑感,杜拉斯是一生下来就老了的早熟婴儿,尤瑟纳尔是永远不会死去的神。其实从我个人的角度,她们甚至是不能放在一起比较的——因为你能看到禽鸟的翅膀,但你看不到幽灵是怎么飞的。

如果说到身世,两个玛格丽特倒有一点相像。杜拉斯的父亲在她七岁时去世,尤瑟纳尔的母亲在她出生不久后去世——她们不曾拥有父母双全的完整童年。不幸的童年,或者非常规意义的童年,常常是锻造一个作家的初始条件。普拉斯八岁那年父亲离世。苏珊·桑塔格五岁那年父亲离世。八个月的伊丽莎白·毕晓普还在襁褓中父亲就离世了,五岁时母亲被检查出患有精神病。弗吉尼亚·伍尔夫的母亲在她十三岁那年离世。弗兰纳里·奥康纳的童年相对美满,父亲活到了她十六岁。总之,这些卓越的女作家在未成年之前，罩护她们的世界已天缺一角。作家在童年受过内心的罪，无论从伤口中分娩出的是敏感、脆弱还是独立、强悍，那都是她此后生涯中默默运行的东西。

生下尤瑟纳尔十天之后，她的母亲死于产褥热和腹膜炎。尤瑟纳尔从小受到父亲的加倍疼爱，她在法国度过生活优渥的童年，在数位女管家的呵护和家庭教师的悉心指导下，年少的她博览群书。成年以后到了母亲的坟墓前，尤瑟纳尔并无波澜："我在精神上和肉体上对她同样冷漠。她的坟差不多像一个陌生女人的坟一样，并不引起我更多的温情，人们只是出于偶然，向我叙述了那陌生女人的临终情形。"伟大的尤瑟纳尔只有娇宠她的父亲，我因此怀疑，她是否反而幸运地避开了母爱？母爱是盛大的暖意，也是日常的腐蚀，尤瑟纳尔避开可能影响她未来质地的软化剂，她才能以独特的情感发育，变成这样不循规蹈矩的世间罕有的合金型作家？

尤瑟纳尔对母亲的淡漠态度，让人隐约猜测她的"佛系"。尤瑟纳尔在美国一所学校教过近十年法语和意大利语基础课，师生们的印象似乎也支撑着这种想法。"她总是披着披风、围巾,裹着裙子,看上去就像一名修道士。她喜欢褐色、紫色和黑色之类的颜色,她很懂得协调色彩。她有着一种令人兴奋的神秘气质。""她行为怪异。她彬彬有礼,但是无人可影响她的决定。你瞧得见,她最大的愿望,就是赶紧上完课赶紧走。她对学校生活不感兴趣,人们试图了解她,无人成功。形象上,她令人起敬。她永远笔直,永远穿长裙,永远端正,像个中世纪的女人。""她对我们淡漠,从她讲课的样子,你能感觉到她要么是极度疲倦,要么就是不打算用心。身体笔直,而你能感到她智力上是松懈的。她讲的东西,她并不真的在思考。""她像一个权威的男性,有一种自然而然就高高在上的方式。她像男人一样吸引我。我到现在都不能想象她烤面包或者拿吹风机吹头发的样子。我甚至猜她一天天用的都是中世纪的器具。我们都听说她跟一个女人生活,但谁也不敢跟她提这个事。我想她肯定没有孩子,也从没想过做母亲。我记忆中的她仿佛是用岩石雕刻出来的;我甚至感觉她的脸像石头一般。她属于那种生活在时间以外的人,人们深信这样的人永远不会死。"

这个传言中的女人是存在的。沿着线索，就会发现，尤瑟纳尔私下的情感生活远非设想中的寡淡，而是相反。1937年，尤瑟纳尔曾前往伦敦拜见当时已成名的英国女作家弗吉尼亚·伍尔夫，伍尔夫描摹她的特征，"红嘴唇，精力充沛"，还写道："这个女人肯定是有过去的。我觉得她把自己交给了爱情和智慧。"这是女性的、作家的、惊人的、准确的直觉。

1934年，三十一岁的尤瑟纳尔已经漫游了整个欧洲。她是双性恋者，情欲燃烧，"性"趣广泛，受到酒精和肉体的强烈吸引。在这一年，尤瑟纳尔遇到了同龄的美国女人格雷斯·弗里克，这是她一生最为重要的人。格雷斯的父母早逝，她由伯父抚养成人，获英语文学硕士。认识尤瑟纳尔后，格雷斯展开热烈追求，不断写信邀请尤瑟纳尔赴美。二战爆发后，尤瑟纳尔前往美国投奔格雷斯，从此两人开始数十年的共同生活。格雷斯倾尽全力地陪伴、照顾和保护，把尤瑟纳尔只用法语完成的作品译成英文。无论尤瑟纳尔处于怎样的困境，格雷斯都因与之相守而心满意足。尤瑟纳尔深怀抱负，除了写作的荣耀，其他都是辅助光芒的道路；而格雷斯耗尽一生的光，只为照亮尤瑟纳尔写作的书桌。患乳腺癌的格雷斯受尽折磨，怀着一腔哀怨："我没活够。我跟你活，哪里活得够。"格雷斯早于尤瑟纳尔九年离世。尤瑟纳尔不喜欢自己被写入传记，她在世的时候就已销毁了自己的部分资料。尤瑟纳尔的遗嘱规定，她与格雷斯之间的通信、日记等所有遗物，暂保留在哈佛大学图书馆和巴黎的出版社，在她死后五十年才能公开——也就是要等到2037年，读者才能真正了解尤瑟纳尔与格雷斯的情感过往。

据说格雷斯去世之前，甚至完成了某种近似的移交，向尤瑟纳尔"推荐"了杰瑞·威尔森；或者说，尤瑟纳尔已经转向自己的未来——这位年轻的旅行伴侣杰瑞比她小四十七岁。七十七岁的尤瑟纳尔与三十岁出头的杰瑞一起旅行，彼此深深吸引，他们重新游历了尤瑟纳尔年轻时与格雷斯曾经去过的地方。尤瑟纳尔与杰瑞共同生活了五六年，她乐于显示这种亲密的关系，但也需要处理随后的麻烦。与尤瑟纳尔在一起期间，杰瑞认识了一个年轻男人并要求去印度旅行时与之同行，尤瑟纳尔同意了，却分明感到某种关系上的失落。杰瑞与尤瑟纳尔保持着复杂的情感交流和纠葛，直到因同性恋行为导致的艾滋病去世，死时未满三十七岁。杰瑞死了以后，尤瑟纳尔曾心灰意懒，感到自己老了。她在一个笔记本上发现自己从前记下的一个想法："我认为我终于成功地彻底摧毁了自身的贪欲。"她在空白处补充了一个备注："1980年。不。"——1980年，那时她遇到杰瑞。然而，尤瑟纳尔就是尤瑟纳尔，她渐渐恢复体力，继续创作。

1986年，杰瑞死后，她抵达巴黎下榻丽兹酒店。不仅是因为舒适，也是为了寻找杰瑞的踪迹。她想重走一遍杰瑞的路，任何地方都不放过，她要看一切，从杰瑞住过的酒店房间，到杰瑞死去的医院病房，还有杰瑞的火化场。这是深情吗？可以这么理解，我们也可以从中发现尤瑟纳尔的习惯。尤瑟纳尔不断旅行，这是年少的经历使然。风流的父亲居无定所，在漂泊的床上体验鱼水欢情；年幼的尤瑟纳尔跟着父亲四处辗转，过早地熟谙了欢场情事。尤瑟纳尔天然恣肆，她像自己的父亲一样喜欢旅行，沉湎情欲。从青年到晚年，尤瑟纳尔经常运载着行李和自己，完成地理意义和历史意义的漫游——特别的是，她似乎尤其喜欢回忆意义的重复之旅。格雷斯死后，尤瑟纳尔重新游历年轻时她跟格雷斯去过的地方；杰瑞死后，尤瑟纳尔不惜走远路，去专门购买一种杰瑞和她都很喜欢的蜡烛，以至于花费的气力超过体能，导致她进入半昏迷状态；尤瑟纳尔甚至花很长时间，去找寻曾经带着小狗散步的街道。

这种故地重游——我怀疑，不仅出自念旧的习惯，更是出自写作的习惯。第一遍是偶遇，第二遍是重逢；第一遍是眼睛里的素材，第二遍是内心的段落；第一遍是勾勒，第二遍是校正……到了老年，她把一切走成了回忆，并等待从回忆里生发的力量。就像一只经过长途迁徙的鸟，回望有俯瞰的高度，平静中有千山万水。我这样猜测，是因为尤瑟纳尔对写作的态度格外郑重，她从未辜负她自身携带的使命。尤瑟纳尔早已深怀抱负，她挚爱法语，确信自己能够为之增加伟大的遗产。她之所以避开人事纷扰，之所以接受生活中的一切偶然和挫折，之所以经历或讲述可怕的事情，反而有一种出世的镇静……护士迪迪一语中的："说到底，一切都可以成为您书中的素材，这个念头让您得到解脱。"玛格丽特·尤瑟纳尔斩钉截铁地回答："那当然。"对文学和荣誉的渴望，使她永不止息:"如果时间允许,我也许会继续写下去,在另一本书里。"即使在即将离世的1987年,尤瑟纳尔依然聚焦创作——她随便在什么地方坐下来,就可以开始在膝盖上写;或者跟路过的人交流几句话,然后接着进入文字的世界。

回望尤瑟纳尔的一生,她几乎体验了全部的情感类型:异性的与同性的;同龄的与老少恋的;短途的与长情的;艳遇的与执迷的;痴心的与寡情的……她把女作家各种类型的感情体验个遍,然后活到丰沛的老年。当然,她经历过挫折:丧母,漂泊,失去财产,失去爱侣,疾病缠身……但她坦然接受命运的各种安排,有时平静得有些无动于衷,我们似乎琢磨不透,这种看似的寡情,到底是由悲观导致的不计较,还是一种和宽容相似的淡漠。无论多么可怕的事情,她转述给别人也显得语气正常,包括自己感觉窒息的垂危时刻,对她来说似乎什么都算不得确切的不幸。正如,她似乎也没把生前就赢得不朽之名看成多么大的幸运。她是法兰西学院三百多年历史上的第一位女院士,院士服得请圣罗兰公司重新设计,连洗手间都写着名字,只供她个人使用。这样史无前例的绿袍加身，尤瑟纳尔似乎也没有当作多大的荣幸，据说自典礼之后，她甚至再也没有迈进过法兰西学院的大门。尤瑟纳尔有一种宠辱不惊的味道，所谓镇定，或许是为文学准备的忘我——身临其境，心游物外，所经历的对她而言都是积累，所承受的都不能摧毁她，这是神的无情，这是神的全能。

她的作品融合感性与理性、哲思与诗意、古老与现代、西方与东方，血肉一体，这些元素无法被剥除和拆解，她不受任何拘禁。尤瑟纳尔溶解了历史、哲学、宗教、政治、伦理，特别厉害的是，她溶解了自己的性别与性格，是的，她溶解了自己。她的作品中什么也不缺，只缺少执笔者的痕迹。只看到魔术，看不到魔术师——这是神的创造。不是花蕾，不是发情的动物，而是支撑一切却匿形的春天；是的，春天能创造万物，只有神能创作春天。

正如让·勃洛特在《尤瑟纳尔论》中所言"没有作者"，这一特点贯穿尤瑟纳尔的全部小说创作。她就是皇帝哈德良，她就是炼金术士泽农……但她是谁？典雅而广博，你知道她不是什么，但永远不知道她是什么。尤瑟纳尔完全隐匿在文字背后的黑暗里，看不到身影和指纹，听不到声音和呼吸。

尤瑟纳尔每部作品都需要花费很长时间，反复修改。"有些书，不到四十岁，不要妄想去写它。年岁不足，就不能理解存在，不能理解人与人之间、时代与时代之间自然存在的界限，不能理解无限差别的个体……经过这许多年，我终于能够把握皇帝与我之间的距离。"她说，"我之所以选择用第一人称去写这部《哈德良回忆录》，就是为了让自己尽可能地摆脱任何中间人，哪怕是我自己。"

《苦炼》源于1926年左右开始创作的小说，此后时断时续，尤瑟纳尔与她的人物一起成长，一直到1968年《苦炼》发表，前后跨越四十二年的时间。刚开始写作时，尤瑟纳尔和她的主人公泽农出去游历时的年龄相仿；当结束写作时，她已经比泽农去世时的年龄年长五岁。从创作手记中可以看出，四十年来尤瑟纳尔如何涉猎文艺复兴时期的宗教、法案、炼金术士、风俗等包含细节的历史资料，因为泽农身兼炼金术士、哲学家、医生的多重角色。尤瑟纳尔不断地走着回忆之路，想象之路，她的脚步落在泽农的足印里，她为此详细记录："1971年，我在布鲁日的街上重新走泽农来来去去的每一条路,比如,他怎样变换线路去铁匠铺给人看病,哪一个地方是他吃饭的客栈,他在哪一个街角看见成为阶下囚的伊德莱特。"她如此熟谙角色的一呼一吸,熟谙他们的一饭一蔬,甚至他们的生日还会为他们烤制蛋糕。如此付出,使尤瑟纳尔获得小说家"完全进入人物角色"的特权,她彻底化身为生活在中世纪的泽农,正如她在创作笔记中所谈到的:"无数次,夜晚,难以入眠,我仿佛觉得自己将手伸给泽农,他累了在休息,躺在同一张床上。我很熟悉这只灰褐色的手,修长,手指扁平,干瘦,指甲很大,颜色很浅,剪得很干净。手腕骨头突出,手掌凹陷,布满纹路。我感觉得到这只手的力量,它准确的热度。"

照料她的护士迪迪回忆,晚年的玛格丽特·尤瑟纳尔在疾病摧残下依然竭力维持自己的尊严。医生为了测验她的记忆力,请她说出自己的出生日期。此前她曾高傲而狡黠地回避可能伤及她自尊的问题,此时,已经不能保有完整记忆的她反问:"那么,您可以告诉我哈德良皇帝的出生日期。"你可以说这是一个骄傲的灵魂,因为疾病和衰老依然无法盗取最为宝贵的东西；你也可以说这是一个谦卑的灵魂，玛格丽特·尤瑟纳尔像全然奉献的雌蛛，让作品像孕育出来的幼蛛一样以凌迟的方式吃掉自己。当尤瑟纳尔进入生命的倒计时，她已经不认识周围的人了，护士迪迪这样说："当她平静下来时，甚至她谵妄中时，她都是迷人的。她有时用英语，有时用法语，讲述她的旅行，她看见自己站在舞台上进行评点，表示赞赏和鼓掌。她再一次显得与众不同，她与任何一个说胡话的老妇人都不一样。她的话语仍然那么优美和连贯。只不过与现实再也没有关系而已。"尤瑟纳尔与自己作品之间的距离消失了，她不再是创作者，而是融入所有。她把自己动脉里的血泵入每个角色的毛细血管里，她把自己的骨殖打成碎渣和粉末，灌注每个角色的肉身。

蜘蛛和上帝都是慷慨的，最卑微的生命和最伟大的造物主都是如此。之所以说尤瑟纳尔的小说"没有作者"，是因为她并非简单地搬运自己的经验，并非仔细抹除了自己的指纹；作者之所以认不出，之所以消失了，是因为她研磨了自己，完全溶解在字词里，她彻底地为作品献出了自己……如是，尤瑟纳尔因人的谦卑而抵达神的伟大,她完成了由人到神的演化。她的原名是玛格丽特·德·凯扬古尔,十八岁时她将自己世袭的贵族姓氏中的字母颠来倒去,乱码式地重新组合,由此诞生了一个奇怪的姓氏:尤瑟纳尔。她就这样,把自己放逐于家族的谱系之外。尤瑟纳尔靠自己的力量,完成晋升为神的个人史诗:世间没有谁,能为她命名;尤瑟纳尔的母亲早逝,尤瑟纳尔自己也没有生育,血缘既无来处,也无去路;除了尤瑟纳尔所创造的,她本身再也不会显形……她是神的传说,是万物的奇迹,是荣耀的历史,是永恒的沉默。

9

所有的女人都将拥有翅膀,跟我一样!

——安吉拉·卡特

对尤瑟纳尔的作品,我经历过从不能接受到彻底接受的转变。也许是某种唯心主义的执念,我的阅读往往受感性支配,对某一个作家容易态度极端,喜欢或排斥都是整体性的。但安吉拉·卡特,是个例外，因为她不像其他作家那样有着内在的作品稳定性，安吉拉·卡特让人琢磨不透。读书的感受不同，有的作品能让我产生理智的好感，但我更喜欢狂乱的兴奋，哪怕古怪而陌生的规则之外的表述。多用一个新词，尝试一种新的表达，不是浪费而是生产和创造，就如同文学的破坏力反而是种有益的建设。

随便翻开一本安吉拉·卡特的小说，就能发现她的与众不同。比如《魔幻玩具铺》开篇，写青春期女孩性意识的苏醒，非常传神："十五岁那年夏天，梅勒妮发现自己的身子是肉做的。哦，我的美洲，我的新大陆。她着迷地展开探索全身上下的旅程，翻越自己的山脉，深入自己潮湿富饶的秘密幽谷，俨然科尔特斯、达·迦马或芒戈·帕克。她裸身站在衣橱镜子前看自己，一看就好几个小时。她伸出手指沿着肋骨的优雅结构滑过，感受心脏在肉体内扑腾跳动，仿佛蒙在毯下的鸟，接着手指从胸骨往下画一条长线到肚脐（那是个神秘的山洞或岩窟），再用掌心摩挲自己有如初生翅膀的肩胛骨。然后她扭动身子笑起来，环抱自己，有时会兴奋激动得来个侧手翻或者倒立，她不再是小女孩了，这是多么丰美的惊喜。"

在《新夏娃的激情》《爱》等篇目里，安吉拉·卡特写得那么琳琅满目、光怪陆离，让我目不暇接；她那么异想天开，离经叛道，蓬勃的野性大放异彩。那种雌兽般赤裸而坦诚的情色，那种既原始又前沿的女性主义，让我彷徨无措。最初阅读安吉拉·卡特，我能发现她的巧妙、精妙、奇妙、玄妙和美妙，同时也体会着不适、不测、不祥、不安和不快……奇幻瑰丽又毛骨悚然，她溢出我习惯中的审美。

安吉拉·卡特是英国最具独创性的作家，她被喻为寓言家、先知、神仙教母。这个神秘女巫，在自己的王国里，用文字的坩埚和曲颈瓶酝酿千变万化的美妙化学，配制她的独家迷药。服用者目眩神迷，由此坠入那个童话与神话之间前所未见的幻境。一切，仿佛目睹精怪拼贴出的咒语，仿佛进入塔罗牌的梦魇世界——那里繁密的花瓣上悬托着精灵，错乱的根系里缠裹着骷髅；那里缭乱缤纷，到处是关系的暧昧、感观的放纵、审美体验上的极致享乐与倏忽而至的杀伐之气，到处是快活的罪恶、磊落的淫秽、调皮的残忍、天真的情色……变态与血腥，绚丽而糜烂，字里行间都是湿气昭彰的令人陷溺的沼泽。一切，就像塔罗牌中的角色或者包藏祸心的情侣那样,翻云覆雨中吉凶莫测,有着对称中相互背叛的腿,以及倒错下瞬间亡命的脸。

安吉拉·卡特的魔幻与巫术,有时像发生在一个马戏团般的世界里。她的确热衷描绘马戏团的场景,比如她笔下的著名角色飞飞,就是个生有翅膀的空中飞人。我记得自己读到《马戏团之夜》时瞠目结舌,因为符合习惯的空中飞人形象必然是玲珑如玩偶,轻盈到仿佛拥有鸟类那样中空的骨骼,可安吉拉·卡特塑造的飞飞是个女巨人:壮硕、结实、威风凛凛。这使得飞飞缓慢悬停空中的画面,更惊心动魄,更具危险带来的压力感。马戏团和杂技演员,都充满了灿烂与浮华,充满了狂野的冒险元素,充满了对现实逻辑的冒犯,却因为她卓绝的描写而令人信服。

她是一个缝制百衲被的天才,就像用碎片拼制杂耍演员的戏服那样,她改造和拼贴童话和经典文学,使之陌生并令人震惊。享受这种旧瓶装新酒的互文性,"尤其是,如果新酒可以让旧瓶爆炸"。安吉拉·卡特认为,《睡美人》《穿靴子的猫》《小红帽》

《灰姑娘》等——"这些摇篮故事都是精心乔装的政治寓言"。童话这种形式,不仅是现实生活的微缩景观,它包含的隐喻和影射里有着对现实法则的背叛——童话的红色里,既有夺目的鲜艳,又有血腥的残忍。安吉拉·卡特的哥特式暗黑童话更是如此,大胆甚至邪恶,它们背叛甚至是审判了童话中原有的甜美内容和伦理。

拼贴、挪用、篡改,安吉拉·卡特完成对原有情节和典故的价值颠覆。她把撕碎的残片,在万花筒中轻轻旋转,就幻化为不可思议的新景观。戏谑与戏弄,恶意与恶作剧,邪欲与邪行……有着猫一样既是孩子又是杀手的微笑,安吉拉·卡特的童话野性而天真,她在禁忌区里肆无忌惮,不被功能性的教化所收买,有着不驯服的激情和渎神的乐趣。她的逆反并非带着怒气的抵抗,而是一种轻快的反讽,在最残酷的情节中也包含着滑稽与玩笑。

许多读者刚开始看她的作品,可能像我一样,心里乱糟糟的,难以立即说出到底是喜欢还是不喜欢——她像个用赃款完成捐赠的慈善家,甚至在道德上难以置评。小说里的那些人物,就在那儿令人瞠目结舌地做爱，或者兴高采烈地作恶。当然，安吉拉·卡特元气淋漓、胆气饱满，具有令人战栗的才华，但那些高密度的闪耀文字不仅让目力不适，也充斥着大大咧咧、毫无羞臊的放肆肉欲。学院派的教养和知识储备，没有让安吉拉·卡特变得束手束脚。往远说，我们从中能够感知拉伯雷、薄伽丘那种津津乐道的欢乐且有力量的风俗感和粗俗感；往近说，我们能在阿莫多瓦和库斯图里卡的电影中找到那种眼花缭乱、活色生香的味道，那种浓郁的狂欢节里随时享乐的气息，那种插科打诨、无法无天的氛围，那种雌雄同体，并在镜像中翻倍为复数的性别倒错与身份交叠。即使这种审美趋势，容易让人动摇对其文学严肃性的认识，她依然信马由缰，持续带来美学上的冲击力和破坏力。当《烟火》出版时，后来成为安吉拉·卡特重要朋友的洛娜·塞奇曾评论安吉拉·卡特是"最使人亢奋的作者之一……同时你一定会发现她品位的庸俗；她用自嘲的扭曲快感代替了自知的克制。总的来说,《烟火》是她才华的优秀样本——时而扣人心弦，时而糟糕透了，却总是不知悔悟"。

安吉拉·卡特让人又爱又恨，让人不适。不仅因为她对自己的才华那种毫无节制甚至毫无节操地运用——高密度、高压缩感、高饱和度，像是被油漆笔刷出来的句子。不仅因为她的狡黠与刻薄——刻薄来自观察的犀利和表达的精确，安吉拉·卡特使之不成为缺陷，而是一种灵敏、综合而及时的天赋。不仅因为她擅长反唇相讥，有着兴高采烈乃至妙趣横生的恶毒——她使正确变成乏味的平庸之举。不仅因为她的作品里充满极端任性的关系设置和突兀的情节反转，明明毫无道理，她却有本事无论在什么样的歧途和困境里都能痛痛快快地活下来。我们的不适，不限于她的语言与技术，还因为她对习惯和奉为经典之物的解构和破坏。她写得怪异而鲜活，逾越纪律和禁忌：恋物、残杀、滥交、乱伦，围绕诸多罪行，展开人物之间纠缠不清的血缘与情爱上动荡的施受关系。在安吉拉·卡特视为美味的故事里，在内心被道德捆绳所绑缚的人看来，明显带着幸灾乐祸的下流、得意扬扬的轻浮和肆无忌惮的残虐。没有什么能约束她，教养、传统、伦理。她就喜欢那些使人道德上不安的情节，因为道德常常是社会管理成本最低的手段，但会伪装为情感的归宿、灵魂的乐土、日常生活的正义。安吉拉·卡特把艺术视为无奈的政治，但，她的政治让人不适、惊恐乃至震怒，尤其是对性别的理解和塑造。安吉拉·卡特是非常自觉的女性主义者，但她并没有被观念所捆束，被立场所限定，而是获得百无禁忌的自由，多了理解和表达的工具和武器。她写过声名不佳的科莱特，并与波伏瓦对比："当然，科莱特不可能写《第二性》，正如波伏瓦不可能在大众舞台上裸体跳舞，这正是两位伟大女性各自的局限。"

安吉拉·卡特曾担任创意写作的指导老师，当课堂上有人带着几分刁难地问道："你的作品什么样？"她的回答石破天惊："我的作品像冰刀一样划过男人阴茎根部。"安吉拉·卡特讨厌把女性处理为无知无辜的受害者，对她们没有什么廉价的同情与安慰。她的传记作者英国作家埃德蒙·戈登这样表述："不管多么厌恶英国社会的父权意识，她还是感觉女人如果只是简单地怪罪男性的侵犯，她们就要为这种意识的延缓负一定责任——在此过程中，她们作为同谋固化了'女性是柔弱的性别'这一臆断。"

安吉拉·卡特擅长改写人物命运，尤其是改写温柔顺从的女性形象。连小红帽们都并非被引入歧途的小姑娘，她可以色情地主动把狼人毛茸茸的头部揽向自己贪欢的肉体，也可以用猎刀剥夺狼的力量，剥夺传统社会中狼作为男性力量的象征。在她的作品中，有大量从绝境中反转命运的女英雄，为了复仇不惜以暴制暴，或者以性爱来俘获她的猎物。

在《染血之室》里，安吉拉·卡特版的《蓝胡子》这样描写：

> 细薄的平纹棉坯布猛燃起一阵火向烟囱蹿去，像只魔幻的鸟。接下来是她的裙子，她的羊毛袜，她的鞋子，全都进了火里，永远消失。火光照透她的皮肤边缘，如今她身上只剩下未经碰触的肉体，令人目眩的赤裸的她用手指梳开头发，那发看来白得像屋外的雪，然后她径直走向红眼睛的男人，男人蓬乱的鬃毛上爬着虱子。她踮起脚尖，解开他衬衫衣领的扣子。
>
> 你的手臂真粗呀。
>
> 这样才好把你抱得更紧。
>
> 此刻，世上所有的狼都在窗外嗥叫着祝婚歌，她自动送上那个欠他的吻。

安吉拉·卡特的小红帽，才不是什么被骗的无知儿童，她是这样写《与狼为伴》的：

> 你的牙齿真大呀！
>
> 她看见他的下巴开始流涎，满屋尽是森林的《爱之死》歌声，震耳欲聋，但这明智的孩子丝毫不退缩，尽管他回答：这样才好吃你。
>
> 女孩大笑起来，她知道自己不是任何人的俎上肉。

在《萨德式女人》的文论里，安吉拉·卡特曾这样形容："代表女性的往往是数字0，被动的、环形的字母O，一个'代表无的符号''一张沉默的嘴，牙齿已被拔光'。"她继而以石破天惊的思路，重新解读因性虐和变态而备受争议的萨德，并充分肯定他对于女性解放的意义。安吉拉·卡特张扬女性的权利与自由，提出"道德色情"的概念，构想一种服务于女人的色情作品。她认为对繁殖的崇拜仅仅在于它能带来社会的稳定和繁荣；离开了繁殖的功能，性才能在男女之间自由而平等地流动。她的写作带有强烈的游戏精神，又包含清晰的政治寓言，安吉拉·卡特塑造的女性形象，不再受困于情欲的绳索、关系的迷宫、父权社会为女性留下的教条；她们不是讨好的玩偶，不是衰退的幽灵——她们不再被动，并非男人美丽的奖品或祭品。对萨德式女人而言，性提供愉悦和享乐，性甚至是犯罪的手段，不是繁殖的工具。她们在放荡中毫无悔憾，反而逍遥快活；纵情纵欲的一切，都像是梦魇中的犯罪，不需要支付成本，不需要承受惩罚。

安吉拉·卡特是一个难以被归类分析的作家。甚至不能说她在某个群落的前端或边缘，她单枪匹马，骁勇无敌。安吉拉·卡特只是安吉拉·卡特，我觉得她不能被叫作安吉拉，不能被叫作卡特，对她的名字，我不习惯简读和缩写。她是难以被压缩和概括的，她只能是安吉拉·卡特。她不像任何别人。狂飙突进，她有生出新世界的子宫。安吉拉·卡特给人带来狂喜和不适，阅读起来会像害喜似的……那是一种新生事物带来的恶心感。

也许因为缺乏风格上的同盟，或者在判断上令人迟疑，在相当长的创作时间里，安吉拉·卡特并未取得与她的才华相匹配的声誉。她在世的时候,只是一个仅有小众拥趸的边缘型作家。她在文字里毫无畏怯,会得意于自己挑衅的有效性。在那些热情奔放的表达里,她没有把吓得瑟瑟发抖或气得血脉喷涌的守旧者放在眼里。她的强悍体现在,孩子气地像推倒积木一样推倒巍峨建筑般的观念。她似乎满不在乎,其实她在意评论的反馈,期待受到瞩目,会因为担忧某个作品完成得不好而陷入恐惧。安吉拉·卡特有时极端自信,在写完《霍夫曼博士的魔鬼欲望机器》之后,她给好友写信说:"就算不是杰作,它也不比近三十年来任何一本英语小说差。"出版社的否定性反馈对她打击很大,她走向极端的自我怀疑,泄气地表达:"真正让人毛骨悚然的是,我有时会感到自己根本就是天赋平平。"她甚至会以校对为借口,抱走自己一本辗转许久受到质疑但终于即将出版的译作,再不归还。安吉拉·卡特自由奔放的表达,让人误以为她所运用的字词是活的,它们相爱、结婚,生下这个世上前所未见的孩子……在任何情况下都能妙语连珠,她的写作似乎从来不需要咬笔的停顿。但,一切并非信手拈来,她会做大量的案头准备,勤奋阅读,参考文献，她认真到经常拖稿。所以，安吉拉·卡特的自信，有时未必像她自己想象的那么结实。就像对《霍夫曼博士的魔鬼欲望机器》，她会形成极端反差的前后判断。

就《霍夫曼博士的魔鬼欲望机器》而言，坦率地说，我本人并不喜欢，虽然里面有我迷恋的卡尔维诺、博尔赫斯一系的质素，但整本书那种漫威加科幻的乱炖味道，不是我偏爱的口味。包括《英雄与恶徒》，包括《马戏团之夜》的后半部分，我都无感。我喜欢安吉拉·卡特的，是她那些精湛的短篇小说，是她耀眼的处女作《影舞》，是《马戏团之夜》的前半部分，是她走向圆熟与欢快的最后一部作品《明智的孩子》，等等。她黑色而华丽的文笔令人惊艳。没有黑色，华丽就显得太过风俗；没有华丽，黑色就显得太过沉闷，她使两者相加的效果远大于和。拥有那种天真的邪念带来的致命诱惑——这既可以用来形容梦露的美貌，又可以用来形容卡特的魔笔。如果说，作家的写作如河流，即使有分支，也有基础的走向，但安吉拉·卡特让人无所适从，她是那种能够随水变成洪水的河流。迷恋她的，认为她能以好品质来表现恶趣味，就如恶趣味丝毫没有影响她的好品质，安吉拉·卡特天然拥有嘲弄道德的自由；讨厌她的，认为她并未把轻浮和败坏转化为优雅，她的下流永远不是正义，只是算不得正义的杀虫剂，祭杀那些有罪的文字。安吉拉·卡特还有一个特别奇怪之处，她明明早已死于她创作最好的时候，可我阅读她的同时，却像担心一个活人那样担心她，因为她写得光芒四射，她挥霍才华，几乎到了惊人浪费的程度，令人心惊肉跳又痛快淋漓，这种古怪的感觉一直追随。

1992年2月16日，五十一岁的安吉拉·卡特死于肺癌，死于创作的盛年。这真让人悲伤，设想她那些没有完成的计划，比如《被删除的感叹词》——唉，仅仅是这个题目，就太有质感、悬念和吸引力了。不过，在她离世的1992年，我还没有从大学毕业。我读的是汉语言文学专业，但尚年轻的我整日浑浑噩噩，不怎么读书，古典文学读得很少，对国外的现实主义、魔幻主义或者两者的结合也近乎一无所知。人到中年以后，我才有迟来的醒悟。及早遇到那些能够打开视野、引导方向、调整审美的杰出作家有多么重要，虽然不能像《冰风暴》的原著作者里克·穆迪那样，二十岁时曾做过安吉拉·卡特的学生，但假如在年轻时就遭遇安吉拉·卡特，肯定是有助远离平庸的捷径。其实安吉拉·卡特的译本引进中国多年之后，我才阅读她的作品，并遗憾于如果我早些开始，就能更早发现自己对文学的理解有多么墨守成规、多么僵化。近几年，我去过英国的巴斯，参观已成为著名景点的简·奥斯丁故居，参观有着蜂蜜色砌石的浴池……但当时没人告诉我，安吉拉·卡特在这里的海丘巷五号居住过数年。她住在巴斯的时候，还没有声名日隆。有些作家在毫无悬念的成功中逐渐松弦，他们的才华不再绽放；相比于此，寂寞有时是件曲折的好事，作家在困扰之中的探索是种更值得期待的冒险。然而对安吉拉·卡特来说，是否减少了经济和杂事的纷扰，她的怒放便会更加精彩？总之，这是一个带有不幸色彩的事实：安吉拉·卡特的早逝在某种程度上，帮助铸造了她的传奇。

"死后的第一个早晨，安吉拉·卡特即跻身伟大作家之列。"埃德蒙·戈登在其传记作品《卡特制造》中说，"她去世后的三天，悍妇社（与她名字联系最紧密的出版社）卖出了她所有的书。……她的长期拥昱对这波盛赞——与她从前获得的认可完全不能同日而语——十分愤慨。超过二十五年来,安吉拉·卡特一直在产出逆时代主流的长短篇小说和新闻报道。在英国文学最为清醒的现实主义者所统治的时期,她玩起了不登大雅之堂的哥特恐怖、科幻小说和童话题材,信马由缰地描写奇异和超现实的景象。她的作品时而滑稽,时而性感,忽而恐怖,忽而残忍,但始终具有锋利而颠覆性的智慧和华美的文风。她想要拆解支撑我们生活方式的神话角色和结构——尤其是关于性别身份的种种神话,在她生命的最后十年,她已经变成了女性主义的象征。但正是现在,在她已然销声之时,她的才华才得到广泛认可。"《卫报》周刊上的讣告里这样褒扬:"她反对狭隘,没有任何事物处于她的范围之外:她想切知世上发生的每一件事,了解世上的每一个人,她关注世间的每一角落,每一句话。她沉溺于多样性的狂欢,她为生活和语言的增光添彩都极为显要。"这个特立独行的天才在死后,读者迅速弥补了她自己生前甚至已经习惯的忽视。安吉拉·卡特受到狂热的追捧——被爱慕,被奉承,被崇拜。如今她成为英国文学研究中的热门,在2008年权威媒体评选的"战后五十位英国最伟大作家"排行榜中,安吉拉·卡特位列第十,超过了大名鼎鼎的菲茨杰拉德。

作为好友兼粉丝的萨尔曼·拉什迪把安吉拉·卡特称为"善良的女巫",他说:"我所认识的安吉拉·卡特是最满口粗话、毫无宗教情操、高高兴兴不信神的女人。""很多作家都清楚她是真正罕有的人物,她是真正的独一,这个行星上再也不会有任何能与她相像的东西了。"拉什迪之所以在《纽约时报》悼文中这样写,是因为他认为:"她这个作家太富个人色彩,风格太强烈,不可能轻易消融:她既形式主义又夸张离谱,既异国奇艳又庶民通俗,既精致又粗鲁,既典雅又粗鄙,既是寓言家又是社会主义者,既紫又黑。"拉什迪这段矛盾而准确的概括,让我在对安吉拉·卡特的作品感兴趣之外,还特别想了解她的私人生活。

"为什么人们要对我无聊、孤僻、渺小而又乱糟糟的生活感兴趣?"安吉拉·卡特曾对读者的好奇有此疑问。不过,她的情感生活并非她自己描述的那么乏趣。不仅是离经叛道的文字挣脱枷锁,安吉拉·卡特的个人生活也是寻找自我的一条践行之路。正如她自己写过的话："所有的女人都将拥有翅膀，跟我一样!"

1940年出生于传统保守家庭的安吉拉·卡特，曾长时间受控于宠溺她的母亲。后来，她不惜主动地激怒母亲，背离她原来的教养和教育。安吉拉·卡特因为叛逆父母等各种原因，亲手破坏自己上牛津大学的机会，很早嫁给了大她很多的化学教师卡特。后来她利用毛姆奖的奖金逃离婚姻，在日本极端父权文化情境的刺激下，成为一个激进的女性主义者。不过，她终身保留卡特这个前夫姓氏。她有过日本男友荒木创造，也曾与小自己十几岁的韩国少年陷入爱河，也曾以偶遇来解决自己暴躁不安的肉体渴望。她的文字里流淌着情欲的液滴，情色本身，也是人间至为重要的享乐游戏。1973年夏至1974年秋是她成年后最长一段没有恋爱的时期，她既满足于单身，又为缺乏性生活而沮丧。"我感觉就像是坐在这个张着嘴的、充盈着液体的大洞上。"她写道，"耶稣啊，女性的性欲真是一副残酷的十字架。"后来，她与比自己小十五岁的马克一见钟情，同居多年育有一子——她临终才结婚，为了法律上的方便。

有意思的是安吉拉·卡特一生中发生的几次重要转折，以及这些转折的方式。

安吉拉·卡特曾患有肥胖症，八岁时体重就达到四十多公斤，衣服都是成人尺码。在母亲的溺爱喂养下，她在青春期的时候已长成"庞然大物"。安吉拉·卡特的成长，原本缺乏让她叛逆的突变因素。但是，当她发现母亲有着幼化子女的倾向，便开始蓄意反抗，不再做那个乖胖的女孩。严格节食、开始抽烟、说粗话……这是安吉拉·卡特在主动剪除和母亲之间的精神脐带。她的形象，从胖成一个畸形的负担，到拥有可以炫耀的身材——安吉拉·卡特在短时间内，走到两极。

骤变，其实在她一生中的不同领域有过数次重复。有人认为安吉拉·卡特嫁给老师卡特，是擅长利用婚姻，包括选择时机和估算收益。我不这么看，完全不能认同这样的揣测。事实上，在安吉拉·卡特去往日本的时候，她并未对婚姻解体做出准备；就像她离开日本的时候，也从没想到会离开她的情人荒木创造；就像她重返日本，荒木创造没有在海关迎接，当她带着焦虑、愤怒和悲伤前去寻找时，却意外路遇一个求欢的陌生男孩,于是他们在一个满是镜子的房间疯狂交媾……如果从表象上看,容易得出对安吉拉·卡特的印象:"爱的到来像一道霹雳,走出去也一样,甚至更快。"不仅爱情的结束,友谊的解体也有类似的痕迹。无论是跟写信多年的好友卡萝尔还是重要的评论者洛娜·塞奇,在某个时刻,好像都是安吉拉·卡特主动让她们之间的关系动摇和疏远——事前没有铺垫,事后没有犹豫。包括安吉拉·卡特的居住地——喜欢巴斯就住了三年,离开巴斯也立即行动,而原因,同样都是这里的宁静。她买房也有一定的随机性,去哪里任教也有一定的随机性——经济困窘时,她会抓住到来的任何一个机会,哪怕在另一个大洲,另一块大陆。安吉拉·卡特像是听任自己莽撞的好奇心与即兴的热情,在具体事件上缺乏处心积虑的预判,哪怕重大抉择,她也愿意掷出命运的骰子,听任于命运的偶然性。但,这并非放弃自主的结果,我认为这里有着必然的基础。

她严格自律,把自己的身材从脂肪中雕刻出来;她曾是个口吃患者,后来变成一个富于交谈魅力的人,甚至富于表达的进攻性;她从害羞内向,变得胆大妄为；她从听起来保守的妻子变为开放型的情人……尽管她从溺爱自己的母爱中反叛，从表面看不出端倪和裂纹的婚姻中逃逸，对自己的极端反弹和反抗毫无预警，选择和转折非常突然，一旦下决心改头换面，就孤往绝诣，有种不再调整和改变的决绝，但我不认为她天生果断。其实，积攒自我改变的气力并不容易，必须近乎无情地断掉自己的后路，防止非常易于发生的犹豫和妥协使自己前功尽弃。她把自己驱赶到足够远，远到对别人抱歉和对自己恨悔也不能回头的地步。恰恰是为了防备某种惯性会威胁到她产生依赖，会影响她的独立性，安吉拉·卡特才付出一种矫枉过正的努力，夺取对生活的自我控制权。

如果没有偶然因素触及，安吉拉·卡特非常擅长忍耐，一旦被某个因素触及，她会变得或主动，或耐心忍受，在失控边缘尤其容易做出即兴或剧烈的反击。安吉拉·卡特曾经把她决心成为作家归因于一个重要时刻——别人借给她的一张碟片上有剧院演员朗诵波德莱尔和兰波的片段。安吉拉·卡特说："那张碟片是诱因。就像用罐头起子撬起了我的头颅，让所有的内在变形。"其实安吉拉·卡特就像这样一盒罐头，在不被撬动的时刻，像罐头一样天长地久；一旦被撬动，一切的变化，都会立即发生。

人如其文。尽管有时，这条规则看起来不那么明显，但作家的价值观和审美总会在作品中有所流露；即使在虚构情节中，也隐藏着作家秘而不宣的心理轨迹。安吉拉·卡特的故事中总有非常陡峭的情节反转，她笔下的人物总是遭遇突如其来的大火、劫掠或其他灾难，把既定的生活摧毁，变成废墟，主人公不得不开始崭新的生活。其实，安吉拉·卡特以强力的破坏手段驱离自己，就像她所描绘的角色一样，她是自己生活的纵火犯，烧成灰烬，为了使自己不再回头，然后她以戏剧化的方式，把自己投入命运的轮盘里赌。所谓勇敢，有的是做别人不敢做的事情，有的是做自己不敢做的事情，安吉拉·卡特通过持续地做自己不敢做的事情，来完成别人不敢做的事情。

所以，这不是随波逐流，安吉拉·卡特从未在根本方向上整体构建自己的人格。无论悬置其上的是父权、母权还是神权，她都没有在垂直的叹号式的恐吓下，成为压在鞋底的小虫。她不断对抗，更是对抗那个可能不再对抗的自己。看起来的大相径庭，看起来的矫枉过正，是因为只有从内部进行革命，才能洗心革面得如此彻底。当她决意叛逆，勇敢地打开了潘多拉的魔盒……从中释放出的，不再是臃肿的肉虫，而是一只被囚禁的最终超越自我的蝴蝶。

生活中的安吉拉·卡特和她笔下的人物一样，着迷于冒险，并且和她的主人公们一样，为偶然性承担后果。安吉拉·卡特从不自虐，她不断调整自己。她是一个寻求自我解放的人，努力培养着自身的活力和明智。她明确意识到，自身的极度忧郁与羞怯已沉积到往昔的记忆之中。她的一切越来越好，实现了充分的自我满足、自我肯定与自我平衡。熟悉她的清洁女工都提供出可靠的证言："安吉拉看上去很野性，但她是最温和的女人……是你希望拥有的母亲的类型。"安吉拉·卡特说："我年岁越长，就越感到无限轻松。"她写过《缝百纳被的人》，几乎是个勾勒她自身的传记性故事。从其中的叙述可见，安吉拉·卡特将自己视为自己身份与幸福的唯一创造者。

安吉拉·卡特早在1967年出版的《数种知觉》中写过："死亡肯定不骄傲，甚至连自尊都没有；他实际上是个挂着铃铛和气球的小丑。"当1991年她被确诊肺癌时,在本能的恼怒之后,她坦然接受事实,并为自己恰好在患病前购买了巨额保险而沾沾自喜。安吉拉·卡特井井有条地整理日记、处理财产,她勤恳而详细地安排自己即将开始的葬礼,有序而轻松地与朋友告别,她把从容的幽默感维持到了生命的终点。

10

> 我要积聚一种力量可以让我得到永恒的庇护。
>
> ——西蒙娜·德·波伏瓦

我年少懒惰,虽然上的是中文系,大学期间读书并不多。在有限而狭窄的阅读里,文学里尤其散文里的女性,几乎是由类型化的祖母、妈妈和姐姐组成的。她们因为贫穷而劳动一生,渐渐像即将死去的虾那样弓弯起腰背,被河流裹挟着流向远方的海,流向比眼泪更咸的命运,仿佛是作为被牺牲的食物去喂养整个世界。我们习惯了受苦的"好女人",不习惯安吉拉·卡特这样享乐的"坏女人"——她提示了令人陌生的女性生存可能,她竟然可以像海胆一样保留自己的刺,并且用这些棘丛自由行走。

我后来读到一些女作家,她们是如此有力,如此有趣,如此有刺甚至有毒。对于文学来说,毒是一种巧妙的进攻,刺是一种有价值的锋芒。我联想起令人敬畏的雌蜂——毒是化学的,针是物理的,蜜蜂的尾针有着生物学的完美毒性。它们随身携带武器,誓死捍卫,不惜以命相搏,但正是它们,让美和果实得以传播。一根针,无论是在刺绣还是在复仇,它都可以一剑穿喉;一只雌蜂,无论它是在舞蹈还是在酿蜜,你都会心怀敬畏。从这个角度来说,所有的雌蜂都是刺客;从文学的意义来说,那些女作家在这个世界有着更为夺目的绽放。她们留给我们不死的春天。青春和衰老,在女作家这里不是递进的时间过渡。比如青春吧。我怀疑在萨冈这里,青春是个贬义词。萨冈们永远停在青春期,读者往前走了,她们还停在原地,没有层次和后劲;她们的创作没有发酵,一切都大致保留最初的样子。在安吉拉·卡特那里,青春更近于褒义。安吉拉·卡特们的活力在于,她永远比你年轻，也永远比你老，她们的作品里不是无知的童年，而是成熟的童年。青春是暂时不老，童话是永远不老。青春期弥漫的情绪，像气体缺乏方向；成熟期的毒针不同，它有着对爱恨和生死的裁夺力量，永远保持着尖锐的方式。

我喜欢书页里的枯花更胜于新鲜的蓓蕾——不是因为喜欢亡灵更胜于生机，而是我觉得枯花活得更长，因为它有记忆所增添的灵魂之重。这就像我读过青春荷尔蒙类型的作家，后来阅读兴趣转变，会更喜欢茨维塔耶娃、毕晓普、尤瑟纳尔。这当然与我的个人成长有关。当我年轻，容易听任或者说是放任自己被情绪化统治，并享受其中伤颓所带来的麻醉快感。及至中年，就难以从那些作家自恋的自洽或自厌中获得满足。我对美的理解，发生着变化。

就像小时候我只喜欢年轻漂亮的女性，她们的样子让人原谅所有的不讲道理，她们什么都是对的，连不对都那么像对的一部分。等我自己过了知天命的年纪，再看一些女作家的作品和照片，我开始理解某种陌生的岁月之美，当然，这里或许包含着我的自我保护与自我安慰。许多女作家年轻时的样貌都有种别具风格的动人,她们身体里有足量的雌激素,以供养皮肤真皮层里的透明质酸酶,这使她们看起来有种美妙到失真的透明感。随着年老,岁月修改了她们的容貌,她们或许深深浅浅地沉淀着内心的倦意。其实对女性来说,完美的自我要求几乎是一种等同恐惧的压力,我开始学习去理解她们老年以后依然带有倔强和坚持的那种残损。暮年的美丽难道不是美丽吗?当然是,可我曾觉得这种美因为安全而乏味,尤其她们也许变得不美,甚至难看——皮肤上落满深深浅浅的寿斑,脚腕处堆积着松弛的线袜,佝偻的手腕甚至握不牢一支写作的笔。然而,有些生命的礼物,恰恰埋藏在晚年;如果不走那么远的路,你就无法见证它们闪光的时刻。

沧桑历尽,她们活得面目全非,依旧凛然——她们已不受被摧毁的容貌的摆布。她们的皮肤残留了昔日的荣耀,寿斑其实也是一种勋章;她们的颈纹显著,有如树木的年轮,记载着她们的年岁与日月,雨雪与风霜。她们头脑里的沟槽如自我斗争的战壕,它们经历濒死的烽火,也是守护灵魂的掩体。其实,我有时会想象她们的智慧,如何储藏在及至年迈依然清晰的大脑沟回里。并非简单生物学意义的颅内构造……我想象它旋转如重瓣玫瑰，花期漫长，即使盛开已久，大脑中这朵智慧之花毫无枯萎的迹象，始终散发芬芳而沉郁的香气。时间没有减损她们的魅力，反而变成隆重的赐予。有时天才易碎，人世间虚弱的舞台不足以承载他们的重量，于是他们陷入垮塌后的深渊里。女性天才尤甚，带有脆质的成分，多少人就这样过早地死于自己的出色。而这些苍老的玫瑰，她们拥有结实的晚年，得以用布满皱纹的眼睛从容洞察这个始终未能将她们摧毁的世界。在那种有力量的苍老面前，青春之美所获得的肯定倒显得轻率和廉价。她们在年迈依然毫不妥协，是一种多么傲人的嚣张；坚持到终点的美，说明它从未在途中被出卖。也许她们再美也算不得尤物，那是因为被称为"物"，已是对她们的极度轻慢。每当听到"永恒的女性引导我们上升"这句歌德的唱颂，我总想起她们——她们在年龄上的衰老，已是在最大限度地靠近永恒。

也许我们用年迈的智慧来形容是不合适的，如同一个人的生理年龄再年轻也可能暮气沉沉。所谓永恒，就是无所谓年轻无所谓年老，只要元气和勇气在，只要创造的梦想和能量在，老——只是成年人的成长。当萨冈和杜拉斯说她们生来就老了的时候，茨维塔耶娃、桑塔格和尤瑟纳尔无论什么时候都从未减弱年少的锐气，像弗兰纳里·奥康纳，像安吉拉·卡特，她们是没有晚年的，不过她们能在死后依旧活着……生命末端衔接的不是死，而是奇迹。老与不老，跟年龄即使有关系，也并非匹配或捆绑的关系……就像经典童话，既纯洁又野蛮，是最年轻的同时也是最古老的。伟大的女性既没有年轻过，也没有老过。她们的可怕在于，可以从非常古老的长成非常年轻的，像有毒的水母一样，在循环中永生与再生。

当西蒙娜·德·波伏瓦在《青春手记》里写下"我要积聚一种力量可以让我得到永恒的庇护"时，她还非常年轻。几乎在少女时代，她就为自己的独立人格奠定基石。女性成长，没有能够直接继承的奇迹，只有自我塑造，才能不让她对自己和整个世界感到厌倦。作为女权运动最重要的支持者，波伏瓦的光彩在作品里一直闪耀，她曾这样感慨女性的命运："她的双翼已被剪掉，人们却在叹息她不会飞翔。"而安吉拉·卡特《马戏团之夜》中壮丽的女飞人则有这样的表达："所有的女人都将拥有翅膀,跟我一样!"无论经历怎样的困境,无论堕入怎样的人间深渊,一些女作家就像传说中的人鱼,用自己的血脚印走出一条开花之路。她们的人生或许包含着不幸与灾难,也许写作是她们克服灾难的方式——读者记住的是她们的文字,而不是灾难,我觉得没有什么比这更能体会女性力量的强大。如果说人们的血肉死去,剩下骷髅,那么在她们被磨损的旧骨架里,还会剩下一对翅膀……那就是不熄的自由,在死之前的时光里,她们曾飞离无论多么辽阔或精美也不能将她们禁锁的鸟笼。

我爱她们身上无望的柔情或凛冽的智慧。她们或保守或奔放。她们亦好亦坏,亦勇敢亦怯懦,亦天真亦残忍。每一个"她",组成了她们,但每一个"她"都是不可抽象的。阅读她们,我最强烈的感受是我那胆怯者的灵魂,做工是多么粗糙和潦草;就连我怯懦的歌声,重复练习得已让人生厌,却依然不够克服我内心的焦虑以获得自信。是的,在伟大女性面前,我们永远都是爱的学徒。当她们年轻,当她们年老,当她们告别……她们只是把自己变成书籍里安静而壮阔的史诗，变成我们奉献在墓碑前那丛带着倦意却超越生死的玫瑰。写作就是通过一支笔掘开道路，哪怕这是一把掘进的锄头，挖开自己黑暗中的坟墓……她们在这条路上，向死而生。

雌蕊在情色绽放中酝酿果实，并消失在自己的创造之中。女性通过自己的剧痛与狂喜，分娩了孩子和人类的未来。生育并命名，这是只有神能够完成的创造。女作家们创造前所未见之物——笔就是自己的权杖，她们因此骄傲，因为她们不仅主宰自己的命运，也破坏环境中的某种秩序，并篡改一个原本并不由她们掌控的世界。

把回想留给未来

陈 冲

现在，这些都是我很熟悉的地方了，我能找出无数张它们的照片——春夏秋冬，晴空万里或者白雾茫茫，黎明或者黄昏，跟家人朋友或者独自一人。但是第一次来是跟汤姆。

我们站在海边的一片高坡上，望着坡下被岁月和海水腐蚀了的Sutro Baths（苏特罗浴场），一个海水浴场的废墟。在它的鼎盛时代，这里有七个不同水温的游泳池，可同时供一万个人游泳——那是一百多年前的事了。不远处海浪一次次掀起，又一次次在礁石上摔成粉末，飞扬到空中；残壁上几只海鸥在歇息，浪水冲进隐秘的洞穴——那些曾经的更衣室；高坡上的树林被海风吹平了顶，枝叶向内陆倾斜着，风中飘着桉树、松树和大海的气味。汤姆说，这是旧金山最美丽的地方，我因为它而爱这座城市。我也在那一天爱上了这座依山傍水的雾城。

我们凝视罗丹的一具题为《吻》的雕塑，那是一对裸体的恋人在热吻，人物原型来自但丁《神曲》里的保罗和弗朗西斯卡，他们将在这个初吻中，被突然出现的弗朗西斯卡的丈夫杀死，从此在地狱流浪。我惊叹这具两尺高的雕塑能释放出那么不可估量的欲望，沧海跟他们的饥渴相比只是一滴水。汤姆说，他们显得那么宁静，是由无数躁动时刻组成的宁静。我看他一眼，几乎不能相信他比我还小两岁，在我自己的学校，我几乎从来没有跟比我小的男孩聊过天。

我们逛博物馆，逛跳蚤市场，远足，野餐……好像总是在一起。那时我正迷恋阿娜伊斯·宁的日记，她写的那些半夜三更在计程车里的吻，令我蠢蠢欲动。

你失去重力，不知道自己在哪里，路灯照进来，光影魔幻；烟味、香水味和恋人的味道，混浊、醉人；车驶向某个终点——时间的终点——吻的终点，你不想到达；车停下，唇边的味道在头脑萦绕，这未完成的历险，必须下一次重新寻找；你打开车门踏到街上，听到自己的身体从天堂掉下来的声音，你梦游般走向自己的家，幻想着它被一场地震，连同时间一并吞噬……

有一天汤姆和我走在橙红色的金门桥上，水面的白雾弥漫过来，半座桥在眼前消失，周边的人也模糊起来，我们好像被裹在一张奇妙的帐子里，他低下头，我仰起头，嘴唇触到了嘴唇，气息消融了气息。不知过了多久——跟来的时候一样突然——雾飘走了，阳光从云层后钻出来，一个销魂的时刻蒸发到空气里，不可复制。

这些是发生在1983年夏末的事情，我为了参演王颖导演的电影《点心》，从洛杉矶的伯班克机场飞到了旧金山。《点心》是一部低成本的实验性影片，拍摄随意性很强，摄制组人手也很紧，制片人被其他事纠缠，忽略了我的行程。那个年代接人都是在闸口，我拿着行李等在那里，离我不远的地方站着一个瘦高个的金发男生。最后一个旅客走出闸口后，他过来问我，你这班机是从伯班克出发的吗？我说是的。他说奇怪，我的朋友应该在这班机上啊，我是来接他的。我说，接我的人也没有来。他问，你要去哪里？我说他们没有告诉我应该去哪里。他说，我陪你在这里再等等，我叫汤姆，在伯克利大学建筑系念二年级。他的笑容有些腼腆。我们又等了一阵，还是没有人来接我。汤姆说，天快黑了，要不我带你去唐人街的假日酒店，你到那里再想法联系他们。他大概觉得把一个中国人送到唐人街应该是没错的，我想不出其他办法就跟他去了停车场。

他打开一辆很旧的沃尔沃车，说，我爸把这辆车借给我用了。启动后，车往前一冲就熄火停下了，原来他刚学会开手动挡车，换挡的时候还不熟练。每次在红绿灯停下之后，汤姆总是要经过一番挣扎才把车开起来，后面的车一按喇叭，他就紧张得更手忙脚乱。就这样，我们跌跌撞撞地上了高速公路。我自己当时在洛杉矶也有一辆大得跟条船似的别克车，比汤姆这辆要破得多，踩油门的脚松开后，踏板不会自动起来，我只好在油门踏板上拴了根绳子，开的时候握在手里，这样可以把油门踏板拉起来。类似这样不要命的事情，我在那个年龄做过许多，好在家人都不知道，母亲写的每封信里，仍然在关照我炒菜的油千万不要溅到眼睛里。

到了唐人街假日酒店，我钱包里的现钱刚好够住一夜。第二天早上，汤姆带着他的朋友来敲我的门，他指着身边一个男生说，这是杰瑞，我昨天要接的人，他误了机坐了晚一班的。然后他问，你联系上办公室的人了吗？我说我一直在打电话，还没联系上。汤姆说，那我们中午再过来看看你。

我终于打通了摄制组的电话，他们说马上来酒店接我，我说要不还是中午过来吧。中午我在大堂里正要准备离开，汤姆出现了，我莫名地高兴。我说，我以为你们不会来了。他说，我们说好会来的，我把宿舍的电话给你吧，万一有什么帮得到你的，给我打电话。

摄制组没有我住酒店的预算，就把我放在一位叫克里斯·李的导演助理的公寓里。克里斯是一位同性恋，跟他的男朋友同住，我就睡在客厅的沙发上。多年后，我在好莱坞再见到他时，克里斯已经是哥伦比亚三星电影集团的总裁了。

我在《点心》里扮演一个从国内到美国，梦想成为摇滚明星的女孩。印象中导演没有给我剧本，只是让我按照人物的规定情境说自己心里觉得合适和想说的话。我第一次这样随意地演戏，觉得很新鲜，我把自己对电影的向往，改成了角色对摇滚乐的向往。印象最深的是一场在夜总会演唱的戏，我戴了金色假发，涂了黑紫色的唇膏，上台唱了一首叫《我男朋友回来了》的歌。王颖导演原本想拍一部关于几个第一代移民女儿的电影，但是拍到一半他改变了想法，把电影集中在一位移民母亲和她美国女儿的身上，她们是由一对生活中真实的母女扮演的，所以在最终的影片里我的人物线基本被剪掉。多年后导演把没有用进电影里的胶片剪成了一部叫《点心外卖》的短片，那场夜总会里唱歌的戏终于在那里复活了。

从金门桥回来后的一天，汤姆请我到他在伯克利大学的宿舍。他的房间里乱七八糟，墙上贴满了海报，床上都堆满了衣服和书，换下来的脏衣服堆在地上。我自己的房间也常是这副样子。记得有一次邬君梅和另外一个朋友到北岭去找我，那是在拍完《末代皇帝》后，我决定回学校上课。也许为了找借口跟N分居，我在校园附近租了一间带阳台的房间。邬君梅敲门不见我下去，就跟她的朋友一起爬上二楼阳台，从落地窗看到我的房间，跟她朋友说，陈冲被洗劫了，你看，她的橱门抽屉都开着，东西全被翻出来了。我总是在临出门前匆匆忙忙在镜前换衣服，一套一套换，脱下来的都扔地上，选中了衣服又换鞋子、耳环，整间房像龙卷风刮过。我扯远了——

我看见汤姆的书桌上放着一个像现代艺术装置的东西，他说这是学校的作业，用金属、木材和米纸做一只壁灯，边上的笔记本上画了几张我的脸，好像是上课的时候开小差画的。他的同屋看见有女孩子来，给了他一个鬼脸默契地离开了，汤姆变得窘迫，跟我说，我没那个意思。其实我也毫无那个意思。失恋的伤心像涨潮落潮，平缓一阵后，又因为一个醒来就遗忘了的梦，或者一对车窗外闪过的恋人，我再次被抑郁淹没。汤姆跟我坐在堆得满满的床上，靠着墙无足轻重地闲聊，然后他说，我能告诉你一个秘密吗？我说你还真会找人，我谁也不认识，你的秘密在我这里很安全。他说，我早泄，无法跟喜欢的女孩子做爱。这个词我以前没有听到过，不过能猜出来他有难言之隐。我说这样正好，我不喜欢性。他有些惊讶地问,你想跟我说说这事吗?我说,会有糟糕的联想,会伤心,会觉得肮脏。他说,这么严重?我说没什么,我在"反弹"中。英语rebounding有失恋后还未恢复的意思。说完了我俩都如释重负,不用猜测或者误解,我们之间是柏拉图式的爱。

偶尔,我们亲吻,完后气喘吁吁地讨论柏拉图式的爱到底怎样定义。他去学校图书馆里翻查了半天,也没有得到清晰的答案,我们就决定横膈膜以上的接触都属于"柏拉图式"。有一天,忘了汤姆从哪个哲学教授还是哪本书上得到了答案,他说,分水岭在身体的怀孕和灵魂的怀孕之间。身体的怀孕产生人类的孩子,而柏拉图式灵魂的怀孕产生的是人类美德——灵魂的物质形式。我喜欢这个概念——灵魂的怀孕,跟他在一起的时候,我感到某种美好的孕育,某种希望。

电影拍完了。汤姆送我到旧金山机场的时候已经能熟练换挡了,我们在闸口久久拥抱,互相在耳畔道别,我们将通信,等教授把壁灯还给他的时候,他将给我送来。《点心》——我在这座城市留下了我的一点心,那时还不知道多年后它将成为我整个心的港湾，我的家。

回到洛杉矶后，我开始了长达半年的徒劳的拼搏。《龙年》里Tracy的角色，是我第一次在好莱坞剧本里看到的东方女主角。这个人物是一位娴熟时尚的电视台主播，从仪态到英语水平都跟我距离很大。但是我拒绝接受摆在我面前的事实，执着得像一头戴了眼罩的驴，把每一分钱都用在学习播音员的发音和语气上。我在餐馆打工每小时挣五美元，而台词老师每小时收一百美元，每堂课两个小时。

《龙年》的导演迈克尔·西米诺和选角导演琼安娜·摩尔琳（Joanna Merlin），在全世界各地物色Tracy。在一轮一轮的筛选过程中，我去面试了无数次，每次去，他俩会听到我的英语比上一次进步了，仪态也离角色更近了。琼安娜对我十分欣赏，她把电影《唐人街》里费·唐纳薇最经典的场次打印出来，跟我排练，让我有机会表达复杂和微妙的感情，把导演的注意力从我不完美的英语转移到我的眼睛和我的感染力上。但是最终，我在"美音速成班"学的只是一种依葫芦画瓢的模仿，无法改变我的本质，琼安娜期待的奇迹没有发生。我遇到过无数选角导演，琼安娜是唯一一个如此在我身上花费心思和精力的。非亲非故，只为欣赏，这也许就是我们中国人说的贵人吧，不过当时我还不知道她将成为我的贵人。

迈克尔·西米诺请男主角米基·洛克跟最后三位扮演Tracy的候选人在摄影机前试戏，每人演三个场次。演到最后一场吻戏的时候，洛克抱着我的头咬住我的嘴唇不放，我强忍住眼泪坚持下来。在我匆忙离开办公室的时候，听到身后他跟导演的笑声。

第二天门铃响，海德先生在楼下叫，Joan，你有秘密的仰慕者！我下楼看到一捧巨大的鲜花，卡片上写着：真遗憾我这次不能跟你合作，迈克尔·西米诺。我在不遗余力的付出之后一无所得。我想起那些没有太用力就得到的角色，比方有一次我面试一个移民女孩的角色，人物有一句这样的台词：你是个那么棒的厨师，他一定会喜欢你的。我一不小心把厨师chef说成了thief（小偷），我说，你是个那么棒的小偷，他一定会喜欢你的。屋里的几个人都笑了，但是他们把那个角色给了我。这是一个努力和成果不成比例的职业，它时而让我狂喜，时而让我绝望，一切似乎都很偶然，跟我努力与否没有关系。

我想过改行，也在学校选择了一些其他领域的课程，希望被生理学、人类学或者天文学所吸引、征服。它们的确是很有意思的课题，但是只要新的拍片机会一出现——不管多小的角色，我就抛下它们，飞蛾扑火般扑向电影。

一次学校放长假的时候，汤姆驾车到洛杉矶来看我，把他做的壁灯挂在了我的墙上，三角形的米纸灯罩有点像一朵抽象的郁金香。我们上街逛书店，看到里尔克的《给青年诗人的信》，我打开翻阅，第一封信写于1903年2月17日巴黎："你问我你的诗好不好。你问我，之前也问过别人。你将它们发送到期刊，将它们与其他诗作比较，当某些编辑拒绝你的作品时，你感到沮丧。现在我求你放弃这一切。你在向外看，这正是你不该做的事情。没有人能给你建议和帮助，没有人；唯一能帮助你的是走进自己的灵魂深处，审视你写作的动机，是否扎根于内心最深处，向自己坦白，如果无法写作，你是否会死；在夜深人静时问自己：我必须写吗？如果你可以用一个强烈而简单的'我必须'来回答这个庄严的问题，那么就根据这一必须来构建你的生活;哪怕在最不重要和最微不足道的时刻,你的生活都必须成为这个回答的象征和见证。"

我站在书架前,感到豁然开朗。无论成败得失,人必须做他必须做的事,我将孤注一掷。我跟汤姆说,这好像是写给我的信。他说,让我送给你吧,我觉得你需要它。

三迪·海德的癌症没有被根治,复发后不久她在医院病逝。记得最后一次去医院前,她奄奄一息地跟我说,我要你搬离这个家。这是她跟我的临终告别,让我震惊。三迪追悼会后,海德先生开始吸烟,他说他几十年前就戒了烟,那时候是为了三迪,现在无所谓了。他每天跟以前一样,五点左右开始喝酒,不同的是他会喝醉。一天夜里,我躺在床上看书,他给我的房间打电话说,Joan,我要你来我的房间陪我睡。我哑口无言,半天,我说对不起,我不能去陪你。我的声音有些颤抖。回想起来,那也许是人溺死前的一种挣扎,想抓住什么可以救命的稻草。或许三迪是知道自己回不了家了,也知道丈夫会有这样孤独无望和软弱的时刻，才要我马上搬走。我感到失魂落魄。第二天早上我去了学校的广告栏，看到一页出租房间给在校学生的招贴，马上去了那个地址。主人自我介绍叫芭芭拉，她说，她的腿脚不灵了，上二层的房间越来越困难，我要是喜欢，可以租二层的卧室，每月一百五十美元。

海德先生帮我一起把两只大箱子搬下了楼，我们在门口道别。他似乎在一夜间苍老了许多，一个劲为昨晚的事跟我道歉。我止住他，感谢他，这栋房子是我到美国以后最温暖安全的地方。我想到两年前，他们夫妇把一个远道而来的陌生人接回了家，那么天经地义的善举，没有任何舍赐的姿态。我说，我永远不会忘记你和三迪，我会想念你们和这个家。我忍不住哭了，每一次失去都唤起所有的失去——曾经的家，曾经的爱，曾经的友情，曾经的自己……

搬家几个月后，在一个长周末假期，芭芭拉去外地看望她孩子。她前脚一走，我后脚就请了几个中国同学来家里的游泳池游泳，在厨房里做中国菜，一直玩到深夜。那时我们中间有不少留学生都会趁主人出远门，在家里开派对，完后大家帮忙大扫除，雁过无痕。同学们在芭芭拉家过了一夜，早上收拾完就走了。可是芭芭拉回来后不知发现了什么蛛丝马迹，看出有人在她的床上睡过，跟我大发雷霆。我意识到自己做错了事，开始寻找新的住处。

我翻开自己的地址本，看到N的名字，那时我总共只见过他三四次，但本能觉得他会跟我去做这件疯狂的事。80年代初，美国移民政策收紧，中国餐馆里经常有非法打工的华人或墨西哥人被逮捕，雇用他们的老板会被罚款。电影公司也开始要求演员和其他人员证明自己的身份。我在电话里说，我需要绿卡，你能跟我去拉斯维加斯办一个结婚手续吗？他说，好，你想什么时候去？我说如果可能的话就今天吧。他说，那我们下午动身，我需要醒醒透。

车开过一段伸手不见五指的沙漠后，进入了一座灯火通明的不夜城，五颜六色的霓虹灯，满街穿着性感的男女，令我眼花缭乱，原来这就是人们说的"罪之城"。它有一句闻名世界的广告语，"发生在拉斯维加斯的事，就让它们留在拉斯维加斯"。我想，多恰当啊，罪之城，我也是来犯罪的，假结婚是联邦欺诈罪，抓到了会被罚款、驱逐出境或坐牢。N说，我们要不要试试做真的夫妻？也许N身上的某种悲剧元素跟我同病相怜，也许我下意识渴望有一个自己的家，也许我觉得自己已被损坏，不值得有更好的婚姻……我说，那就试试，也名正言顺。我没有听从广告词的警示，把发生在拉斯维加斯的事，带回了洛杉矶。

婚后我俩在洛杉矶东南面一个黑人聚集区租了一小套房子，主人是一位黑人老太太，在房子四周方圆几十条街上，我们是唯一的"异族"，非常引人注目。每当我们年代久远的米色奔驰车开过，站在街上闲聊说笑打骂的年轻人总是停下他们正在做的一切看着，让我感到某种张力，似乎会突然发生什么事。我跟N说，我有些害怕这样的气氛。他说，黑人都很喜欢看李小龙的电影，知道中国人是不能惹的，再说有我保护你，我的咏春拳师傅就是李小龙的师傅。偶尔，我看到邻居女孩在外面打架，势头很足，房东会出去训斥或劝阻。回头看，她在街坊的信誉和威望也许在保护着她的房客。

一天，忘了是为哪部电影到派拉蒙去面试，选角导演打量了我一眼，问，你是夏威夷本土人种吗？我说不是，我履历上写了中国人。那位导演说，真对不起，我的失误。就这样，面试结束了。我失望地走回地下停车场，感觉身边有一辆林肯轿车慢慢吞吞地跟着我。我疾步走向我的车，那辆车一直跟在我的侧面，我转头看到车窗被摇下来，一位瘦老头探出脑袋问我，你知道拉娜·特纳是在一个冰激凌店被发现的吗？我当时不知道拉娜·特纳是谁，以为他在跟我调情，没搭理他。他伸出手上的名片，说，让你的经纪人下午来找我。我接过名片，看到他的名字叫迪诺·德·劳伦提斯，是当年欧美电影界非常显赫的人物，也是电影《龙年》的总制片人。在为《龙年》试镜的半年里，我从未见过他，却因为某副导演的失误在停车场里巧遇，我就这样轻易地成了电影《大班》的女主角美美。《大班》的导演请了一位台词老师，来教我讲戏中美美的"白鸽英语"——夹杂广东音的蹩脚英语，而他正是我不久前请来教我纯正美音的老师。

不可思议的是好事成双，我竟然在得到《大班》

的同时得到了《龙威小子》的女主角,但是因为两部影片是同时期拍摄,我必须放弃一部。好莱坞有个说法,"不是饿死,就是撑死",意思是好久没戏拍,突然有戏了,又几部挤到一起。饿了好久,天上好不容易掉下来两块奶油蛋糕,你还得扔掉一块,而且很难知道该扔哪一块留哪一块。我选择了演《大班》里的美美,原因很简单,美美是中国人,电影将在中国拍摄。这个决定在日后证明是错误的,《大班》没有成为我想象和期待的电影,也给我在国内造成了负面的影响。其实,《大班》只是我许多"错误"选择中的一个,我还曾经要求大卫·林奇把我的人物从《双峰》中杀死,放我去演一部叫《乌龟海滩》的电影。《双峰》是一部具有革命性的电视剧,它为电视剧叙事方式开辟了新的道路,是当今连续剧的鼻祖,而《乌龟海滩》完成后是一部毫无灵性的作品。

那个阶段,我发现了阅读的喜悦,没日没夜、饥不择食地读书。在那些骚动和困惑的时候,唯有书本能给予我安宁和慰藉。记得我第一次读赫尔曼·黑塞的小说 *Narcissus and Goldmund*(《纳尔齐斯与歌尔德蒙》)时,受到很大的震撼,在那之前我没有想到过,一个人可以通过"纵欲",达到崇高的精神境界。书中的Narcissus是一位在天主教寺院教书的老师——禁欲的僧人;Goldmund追求的则是感官的狂喜,美的体验给予了他艺术的灵感和激情,最终他拜师学艺成了一个雕塑家,感官世界的光辉和脆弱在创作中得以升华。这两位友人跟随截然不同的道路,探索到生命的意义,走向涅槃。黑塞一贯的流浪者寻找自我的主题引起我强烈的共鸣,也让我在冥冥之中懂得了,所有走过的歧途、冤枉路都是命运的召唤。

我写信告诉汤姆我跟N结婚了,接到信他很惊讶,在电话里说,我从来没有听你提到过他,你爱他吗?我说不知道,反正我也没有能力爱。汤姆说,你"反弹"得有点厉害啊。

汤姆毕业的时候,我想起他热爱手工制作和简洁的设计,就去旧书店买了两本关于Shaker(夏克派)家具制作的书,给他寄去。Shaker家具是由美国基督教一个分支的教徒们发明的风格,信徒们叫自己Shakers(震教徒),家具极简的设计和精致的制作反映出他们简单诚实的信念。汤姆接到书后给我打电话，他想在驾车去圣迭戈他父母家的路上，经停洛杉矶看我。我说好的，我很开心。他到的那天，刚在客厅坐下没几分钟，N就失去理性把他赶出了门。汤姆跟我说他要留下来保护我，我说你还是快走吧。后来N知道壁灯是汤姆送给我的，就把灯也砸烂扔了。

一部新的电影出现在地平线上，它像上苍派遣下凡的天使，在我即将窒息的时候，打开一扇窗户。为《龙年》选角的导演琼安娜·摩尔琳给我来了一个电话，她兴奋地说，我终于为你找到了一个完美的角色！贝纳尔多·贝托鲁奇要去中国拍《末代皇帝》，其中皇后婉容的角色与你天衣无缝，贝纳尔多撒下了天罗地网找他的皇后，我告诉他不用找了，他明天到洛杉矶，你去见见他吧。就这样，我原以为在《龙年》枉费了的努力，为我带来了《末代皇帝》。耕耘终究会有收获，尽管不是在我期待的季节。

多年后我在旧金山安家落户，又跟汤姆去Sutro Baths散步，说起我们在洛杉矶发生的事，他说那天他经历的一切简直是个噩梦，他无法理解我为什么会觉得，那就是我应得的人生。我说，也不都是你看见的那样。

记得N和我常去圣塔莫尼卡海滩，蔚蓝的天空和海洋连成一片，白色的浪花拍打着金色的沙滩，像宇宙的心脏在无休无止地跳动，让我想到"永恒"这样美好的词汇。我穿着比基尼躺在沙滩上晒日光浴，他光着膀子坐在我的身边弹吉他唱歌，暖洋洋慢悠悠的歌声里，太阳慢慢落进太平洋，余晖把海水染成红色，海风出现凉意，身下的沙子却还是热的……我们也有过这样的日子。

《把回想留给未来》
——写于洛杉矶1989年2月27日

在失去的时候，我们得到什么？
在得到的时候，我们失去什么？

四年的婚姻生活结束了。我终于失去了他。好多次我们试着分居，过不了多久就又住到一起去了，最后他决定搬去旧金山。由于告别的次数太多了，总觉得不久又会团圆，似乎告别只是为了重聚，我一时没有察觉此次告别的严重性。把最后几件行李装进他的吉普车后,他叮嘱我别忘了交演员工会的会费,已经晚了一个月。他的口吻很随便,我却突然不安起来。这四年来我没有交过会费或任何其他的费,他把我像孩子一样保护起来,生活上的杂事都一手包办了。关上车门,发动引擎后,他摇下车窗,深深地望了我一眼,充满担忧。我呆呆地、固执地看着他,像一个傻孩子一般。我们没有说再见,也没有互相祝福。当他的车消失在拥挤的街道上之后,我意识到这是最后一次告别了,一股强烈的孤独和失落袭上心头。

我们曾经有过那么多丰富多彩的希望与计划。

生活似乎中断了。

我独自驾车到离洛杉矶一百多英里的小镇瓯海,一路上眼泪流得像无尽的泉水。上帝将我所失去的变成泪水又还给了我。

开到时已是深夜,一只瘦瘦的月亮孤零零悬挂在半空,月亮下是野山乌黑的剪影。我想起多年前读到的一首诗《月亮拽着我的风筝走了》,诗歌讲什么记不清了,但诗的结尾我能背出来,"把回想留给未来吧，就像把梦留给夜，泪留给海，风留给帆"。

我找到一家有一百多年历史的小客店，住了进去。客厅里摆设简单，生着火，使人感到温暖、安全。我打开书包，取出汤姆送给我的《给青年诗人的信》，坐在炉火边一口气念完。这些年我忙忙碌碌，很少有时间这样看看自己心里的地图，旅行一下心里的世界，去反省独处的意义与美。

我在笔记本上摘录了这段里尔克写给青年诗人的信：

> Most People have turned their solutions toward what is easy and toward the easiest side of the easy; but it is clear that we must trust in what is difficult; everything alive trusts in it, everything in Nature grows and defends itself any way it can and is spontaneously itself, tries to be itself at all costs and against all opposition.
>
> We know little, but that we must trust in what is difficult is a certainty that will never abandon us; it is good to be solitary, for solitude is difficult; that

something is difficult must be one more reason for us to do it.

It is also good to love: because love is difficult. For one human being to love another human being: that is perhaps the most difficult task that has been entrusted to us, the ultimate task, the final test and proof, the work for which all other work is merely preparation.

（文字大意：人们总是去寻找容易的答案，但只有困难的事才是可信和值得去做的。我们知道得不多，但是我们必须相信只要是困难的，这本身已是我们去做的原因。孤独是值得的，因为它是艰难的；爱也是值得的，因为它是人间最艰难的任务，是最终的考验和证实，其他任务都只是准备工作。）

虽然我的心仍然孤独，但这孤独似乎在升华，变得宽阔了，我懂得了它在难忍的同时，也是上帝所赐的礼物。

临睡前，我想起母亲，她老远老远地正在为我担心。想起小时候为了手指上的一根小刺，我怎样向她哭喊，今天我就是戴上荆冠也不忍让她听见我的呻吟。父母年纪大了，做儿女的应为他们带来精神上的安慰，生活上的安全感。我却仍然自顾不暇，活得颠三倒四，心里深感内疚。我躺在床上眼望天花板发誓：明天是新的一天，我要开始新的生活。

早上醒来，我发现自己在一间充满阳光的苹果绿的小睡房里。窗外的远山衬着万里晴空，不远处一条小河在低声轻唱。我为自己在这世界上的存在而庆幸，为自己能在这苹果绿的房里醒来而庆幸。

瓯海给我的心带来了宁静和希望。现在瓯海已成了我最喜欢的地方，去那里静静住上两天是我能给自己最好的优待。如果有人问有什么养身之道，那么瓯海的山、湖、橘树和苹果绿的小睡房是我的回答。

事业上的进展使我变成一个忙碌的人，整天抛头露面跑码头，很不可爱。我脑子里可爱的女人是贤惠、恬静的，也常常希望成为这样的人。但是，在耻辱的熔炉里炼出来的却是另外一个人。她刚强、顽固，不撞南墙不回头；她爱大笑，笑得很不文雅，也许这是她保持健康、蔑视困难的法宝；她提起来一条，放下去一摊，伸缩性极强；她没有成为一位贤妻良母，她失败了，但在挫败中她取得了一些小小的成绩，学到了一些做人的道理，认为值得；她屡次失望，但仍然相信秋天金色的阳光，相信耕耘之后一定会有收获。

不娴雅，不可爱也就罢了。

从在美国餐馆打工，到在国内得到百花奖最佳女主角；从演没有台词的小配角到奥斯卡领奖台，这些年来的甜酸苦辣一言难尽。

有一次在餐馆收钱，一对衣冠楚楚的中年夫妇给我一张五十美金的钞票，却硬说是一张一百的，我知道他们在撒谎，于是坚持己见。他们大吵大闹起来，餐馆老板只好让我按一百块给他们找钱，并教育我说，千万不能将顾客给的钱先放进抽屉里，必须要把找的钱先拿出来，再放他们付的钱。夜里结完账，少了五十块，我赔。五十块钱是我十个小时的工钱，但是也没有什么了不起的，毕竟是身外之物。我咽不下的是谎言战胜了真理。

电视台招小配角，我涂上口红，放下骄傲前

去应征。被左看右看之后,得到一个没有台词的角色——台湾小姐,在台上走一走,高跟鞋,红旗袍。那之后,我得到一个电视台的小角色,有一句台词:"Do you want to have some tea, Mr. Hammer?"(你要喝点茶吗,海默先生?)我将终生不忘这句毫无意义的话——我的第一句英语台词。

今天,我的机会多了,生活好了,我也得到了承认和接受。有时候,我可以飞去跟英国王子喝午茶,和法国总理进晚餐。但我希望我永远不会忘记自己的使命,脚踏实地地生活。

我仍然相信可爱的女人应该是贤惠、恬静的。今晚我将不在电话中大笑,或者想入非非,为突然间一个奇怪的念头而激动;今晚我要静静地在炉火旁织毛线。

我渴望深深的夜和银色的月亮,也渴望月下的爱情和诺言。

美术馆

徐小斌

一

天空是新的。天空新得就像假的一样,洁净得又湿又亮。当然,天空的蔚蓝色已经退化了,像这样阳光灿烂的早晨,这种清洁的灰已经很让人满意了。

她穿一袭黑色长袍。手套和靴子是鲜红的。走进美术馆的时候她低头看了一眼自己的靴子,于是收票的女人也跟着看了一眼她的靴子。一瞬间,那女人的眼里满是警惕和鄙夷。

她知道自己很美。确切地说,是曾经很美。她用这种夺目的颜色向时令挑战,她总是不失时机地摆出挑战的姿态。这种姿态总是使她很紧张,她几十年如一日地保持着一种僵硬的紧张,所以胖不起来。但胖不起来不一定就是好事。到了一定年龄，如果胖不起来，就要瘦下去。那并不是年轻人的朝气蓬勃的瘦，而是一种风干了的瘦。像她这样，皮肤依然雪白，但是白得像一张羊皮纸，风吹吹就要皱。远远看去，在那些非洲土著暗褐色的群雕中，她是个夺目的存在：不沾一点尘土的红、黑，还有肤色的白。但是只有她自己知道，那层白是她的一重面具，当然，红色与黑色是她的又一重面具。只有夜晚降临，她对着镜子，把一层层面具剥离的时候，她才能看清自己的真面。

美术馆已经是这样的老旧了！美术馆是在她出生的那年建的。那时黄色琉璃瓦的背景是瓦蓝瓦蓝的天。在美术馆外面的梅花丛里，她曾经捉过一只极大的蝴蝶，蝶翅鲜艳得让人害怕：那是不染一丝尘土的红、黑，还有粉质的雪白。那只蝴蝶被她很小心地夹进了日记本里。落下的粉尘染污了几页纸，后来那蝴蝶慢慢枯萎了，凝聚成一块鲜丽而干枯的色彩，好像收拢了一生的飞翔。再后来，蝶翅慢慢地褪色了，干得发脆了，好像碰一碰就要碎。于是，她把日记本放进抽屉的最里面，好像被一种美的残酷结局所击倒，自认为完成了一次关于蝴蝶的绝唱。

那个日记本躺在阳光碰不到的地方。而她自己现在的桌面摆着一台戴尔电脑。她常常深夜起来，伏在电脑前，上网，让娱乐圈的绯闻与世界各地的战争为自己带来一点点刺激。在那些夜晚，她是绝不点灯的。也就是在那时，她发现夜黑得并不纯粹，那是一种翡翠般的黑暗，犹如潜伏在水底的水草，带着那样一种润湿的美丽。那种润湿袭来的时候，她总是不知不觉地停下来，吸口气，就像现在——她置身在美术馆里，面对无数陌生而美丽的雕像。

二

美术馆的墙特别高大，没有装饰。窗口很高。她现在站着的地方能看见三面墙。墙壁的颜色灰冷，在靠窗那一面一个非洲图腾的下面，有一幅巨大的中英文广告。广告上写着一些莫名其妙的数字，从最大号到最小号依次排列下去——小到一定程度她站的地方就看不见了。有很多数字被雕像们挡着。这些暗褐色的女人雕像来自世界的另一端，那里的太阳大概像炼金术士一样，滚烫的太阳烤焦了她们的皮肤，烤熟了她们的胴体，于是她们便可以这样一个个全裸或者半裸地站立着，紧闭着或者翕开着她们性感的肉唇，恬不知耻地展示着铜雕般美丽的乳房。在那个太阳栖居的地方，绝对不会有化蝶的梁祝或者对月的李白，也不会在箫声渐残的夜晚，去看一出灰冷的爱情悲剧，她想。

爱情。这个无意识出现的字眼在不经意间击中了她。

她的爱情结束于20世纪90年代中期。在一次不无刻意的畸恋之后，她告诉自己，完了。再没有那种锋锐或者隐忍的痛，她皮肤的每一寸都是干涸的，甚至眼角也不再有泪。那时她才突然认识到爱情的本质其实是一种液体，一种神秘的液体。当那种液体消失的时候，衰老就来临了。

她每天都痛惜着自己皮肤里的水分，就那么一分钟一分钟地神秘消失，没有任何办法滞留它们。那时她才真正明白那只蝴蝶，就连浓缩起来的鲜丽也是暂时的，接下来，就要褪色了。

有一天晚上，她在翡翠色的黑暗中，轻轻拉开了抽屉。好像预感到了什么似的,她在打开那个尘封的日记本时,心里非常的害怕。她就在一种箴言的笼罩下打开了那个本子,在发黄发脆的纸页中,蝴蝶不见了,只有几只发黑的蛹。那些蛹的眼睛正在阴险地瞪着她。蝴蝶竟然在那些纸页里,完成了产卵、变虫、化蛹的过程。

她紧紧捂住嘴,把惊叫淹没在黑暗中。然后她迅速地掩住本子,把它仍然扔进抽屉的最里层,然后把抽屉上了锁。她想,过几天,连抽屉一起扔出去,烧了。但是做这事的最好是别人,而不是她自己。

三

很久之后她才注意到美术馆的那种贴砖。那是一种不规则的贴砖,都是多边形的,但不是正多边形。那形状像风筝或者飞镖,当无数的风筝或者飞镖拼凑在一起的时候,就形成了一种奇妙的几何图案,它可以把有限的空间无限地拉长,因为它是斜的。于是她开始踩着这些贴砖数数,试图知道自己究竟站在哪一块砖上。但是她很快发现,不管走多远也无济于事，似乎只有在不能到达的界限处，才能把一块砖与另一块砖区别开来。

于是她想起20世纪90年代中期的那一场耗尽心力的恋爱。那位她深爱的物理学家曾经在一个夜晚——那时她还没发现夜的翡翠色——考她：假如你生活在一个任意大小的圆形城镇，你必须走多远才能发现一个完全相同的城镇？

她想了又想说：不知道。

物理学家好像知道她要这样回答，一边看着窗外，一边慢慢地吸着烟。

她等了他好久，最后说：你说吧，把答案告诉我。

物理学家慢慢把烟掐灭：其实我也不知道。

那时他们的恋爱已经接近尾声了。

四

记不清有多久了，她总是害怕与异性建立亲密的关系。年轻的时候她总是担心自己受伤害，而现在，她最忧虑的是自己已经不能再爱任何人。每当她见到一个异性，她便会像一台扫描仪那样，把他们的弱点看得清清楚楚。接下来就只好是演戏了。她要演得恰到好处，要撤退得不着痕迹，和年轻时的怕受伤害恰恰相反，她现在只是怕伤害别人。但无论是哪一种，都让她感到累。

她也曾经试图转而去爱同性，但是发现的却是更深层的恐怖。同性之间掩埋着那么多的沟壑，说不清哪一个就能成为陷阱。有时候，一句话，一个眼神，就会成为一颗定时炸弹。外面的世界很精彩很无奈也很危险，但是当她退守到自己的世界之后，她忽然发现，自己的世界似乎更可怕。在这座城市北郊的花园公寓里，她面对自己的时候，竟然感觉到有多个我在不断地发出命令，她不知听谁的好。而且她并没有一种想象中的自由，她每次的"下一个动作"，都做得那么蹩脚，那么不得体，一如在别人目光下的笨拙。她总是不断地为自己的每一个行动后悔，每动作一次她便会造成一次小小的失误。譬如，她本想早晨锻炼时把垃圾袋带出去，然后到附近的农村买新鲜牛奶，再回来吃早餐。每天早上只有这么几件事，很好运筹的，但往往是回来了之后，看到垃圾袋还静静地躺在那里；或者，忘记了买牛奶。总之，这几件事在几年之间，没有一次是按照运筹学的方法做好的。她思想的精确与行为的笨拙，由此可见一斑了。

于是她想起前夫，那个白白胖胖的男人，他倒是很会做事。他的心和脑都是空洞的，但他的手却很灵巧，也许正因为这个，他们的婚姻竟然维持了十五年。但是她后来终于发现，那男人的灵巧只限于拾掇鸡和甲鱼，还有在跳闸的时候接个线什么的。有一次，她实在忙不过来的时候，请他帮助她处理一只昆虫的标本，结果，那只可怜的昆虫被弄断了一只翅膀。他并没有道歉，甚至连提也没提，还是她自己发现的，发现之后脚心就升上来一股凉气，那股凉气直逼她的喉咙，哽得她说不出话来。良久，那股尖硬的凉气已经疲软和缓下来，她才试探着说出来：怎么把翅膀弄断了？但是那个白胖的男人忽然以迅雷不及掩耳的速度跳了起来：你说什么?! 难道我帮你的忙，你还要挑我的错?! 我伺候你还伺候得不好？她又说了一句：翅膀断了，这标本留着就没意义了。男人立即拿起昆虫标本走向盥洗室：为了一只虫子你竟然埋怨我？好好……我他妈都给你扔了，怎么样?! 不是他妈的没有意义了吗?!

她坐在那儿一动也不动。她已经不是少女了,更没有演戏的天才。她只好坐在那儿,听见哐的一声响。她知道那只昆虫连同玻璃匣子一起都飞到楼下了。

她当然不会因为这件事离婚。离婚的过程实际上非常漫长也非常困难。她回想起大概十五年前她看过的一位女作家的自述——当时全民似乎都在看小说,一篇小说就能使一个人成名。那位女作家说和丈夫逛香山的时候,正沉浸于美景之中,丈夫却不合时宜地说起黄花鱼的价格,由此她便与他离婚。此时她想到这一细节,觉得那位女作家如果不是有意掩饰真相,就是过分矫情了。如果真的因为黄花鱼而离婚,只能证明那位女作家还是相当幸福的。

五

那些飞镖或者风筝在大厅拐角的地方变成了鸟,或者鱼,向墙壁飞去的就是鸟,向地板沉落的就是鱼。秘密就在拐角的地方。

但是她始终看不清,它们是怎么转换的。她看不到转换的过程，如同在听巴赫的音乐时，始终不明白，那些无限升高的卡农是怎么又回到原点的。在鸟或者鱼转换的间歇处，是带有坐标意义的风筝或者飞镖，其实它们都是一些向上或者向下的箭头。向上的，成了鸟；向下的，成了鱼。

无论变成鸟，还是变成鱼，都是幸福的。可怕的是，停留在拐角的地方，变成一些指示别人路线的坐标。

六

在拐角的地方，被众多的观众所拥挤着的，是一个头顶汲水罐的非洲少女。她的体态极为奇异，远远看去，像是一只美丽的变形的梅花鹿。只是中午，吃午饭的时候，那个少女才从拥挤的人群中显露出来。她慢慢走过去，盯着她，看。

等她终于转身去看别的展品时，她感觉到，后面有人在跟着她，轻轻地，如影随形。

有一双茶褐色的沾着泥土的脚，就在她的身旁挪动，她觉得很好玩，就轻轻地、不经意似的踩了那脚一下。那脚竟然掉下了几粒褐色的粉末，然后蓦地消失了。她急忙回头，好像幻觉似的，有一个修长的茶褐色背影就在第二道玻璃门那里一闪。她追了过去。追过去的同时她用余光看到，那个顶着汲水罐的少女展品不见了。

她沿着一条清洁的水渍追去。那些水渍在拐角处变了形，浸润了那些风筝和飞镖，然后慢慢地向鱼和鸟流淌过去。

那个少女是要做鱼还是做鸟？但无论是做鱼还是做鸟，结果其实都是一样的。当她走到第三展室的时候，终于看见那个茶褐色的修长背影，就在前面从容地迈着长腿。

七

回来！回来！！

她在心里狂叫着。那个少女竟然如此轻易地被欺骗了，确切地说，是被那些貌似公允的坐标误导了。少女被误导进入别的展室，那是著名画家埃舍尔大师的世界，少女没有被允许就走进了大师的世界，侵犯了大师。

做鸟的和做鱼的分别分为两队鱼贯而过，出来时就换了个儿，变成做鱼的和做鸟的，因为本来就是一回事儿。表情凶恶的鱼咬住鸟头，但到头来流出鲜血的却是自己的尾巴。

同构！

是的，同构！全部的秘密就在这里！

一个翡翠色的夜晚，那位物理学家说：同构。

"同构"这个词如今闪闪发光。

鱼是怎么变成鸟的，埃舍尔利用的是图形的"相似性"。鸟和鱼通过风筝与飞镖的图形进行转换，在转换过程中，一个图形映入另一个图形，它们传达出来的相似性信息就是：同构。

那么，人类的秘密也就在这里了？

是的。知道这个你就会对人类产生希望了。

不，恰恰相反，我更绝望了。她说。

她想说的是，她突然感到，无论是那个白白胖胖的男人，还是眼前的这位物理学家，他们都保留着人类相似性的信息，也就是"同构"。

八

《另一个世界》很美。

《另一个世界》在黑白两色的中间,加上了一点点绿色,正好是那种翡翠色的夜晚。依然是"同构"。两幅一模一样的画就像是照片与底片,或者,像阴阳纹的图章。主题都是一只长着人头的和平鸽:一只是正片,一只是底片;一只是阴纹,一只是阳纹。埃舍尔的人头像是那种没有安上假发的绢人头,表情和善,相当秀美。美景是一座有着精美穹顶和立柱的宫殿,宫殿是按照严格的几何图形画的,透视精确得甚至可以做图纸。但问题就在于那么严格的图纸上出现的是不可思议的场景:地面上是月球的环形山,环形山上站着一只长着人头的和平鸽,穹顶上则站着另一只和平鸽。有一只羊角垂挂在穹顶的弧线上。月亮淡泊地隐退在天幕之后,黑色的天幕和羊角背后,透出淡淡的翡翠一般的绿。那是月球之外的另一个月亮。静谧,神秘,奇异,令人匪夷所思。

《罗马夜景》。

一个戴尖顶帽的人骑在马上,背景是深浓的黑夜和罗马的街市,那个戴帽的人,像是一个落难王子,他的马抬起右蹄,眼望正前方。而他的身影则慢慢变得透明,远远望去,就像是那个黑夜中浮突出来的一块透明的玉。

《梦》。

又是穹顶,好像是和《另一个世界》一模一样的宫殿。一个人睡在一根雕花的立柱旁边,一只巨大的螳螂抬起两只"大刀",正要向那个人的胸膛划去。而那个人却浑然不觉。那个人也戴着一个尖顶帽,很长的帽筒。让人想起前几年疯狂死去的那位诗人。据说那位诗人因为个子很矮,所以常常喜欢用帽子来增加高度,而平时,他常常钻到桌子底下待着。由此可见高度对于一个男人是多么重要啊,没有高度,就只好往阴沟里钻。

九

少女在第二层台阶上失踪了。

她看到那条细细的水迹一下子干涸了。

少女是在鸟和鱼互相转换的一瞬间消失的。是的，消失。那位也曾经是少女的诗人之妻也消失了。消失得那么无辜。

当诗人之妻还是个美少女的时候，不幸遇到了诗人——但当时她肯定认为自己是大幸运者。诗人追到她的家乡，以一种中国男人少见的疯狂爱上了她。她也许曾经有过女人最幸福的时刻，但那又怎么样呢？那种短暂的幸福只能预示她比别的女人享有更加惨烈的结局。

为了爱，她曾经一步步地退守：孤独的丈夫要离群索居，于是他们就去了一个荒无人烟的小岛；古怪的丈夫不愿意常常见到亲生儿子，她就只好把可怜的小木耳送到朋友家寄养；浪漫的丈夫要与两个女人同时相爱，于是她只好把那个叫英儿的年轻女人接来，看着丈夫与那年轻女人做爱，还要装出快乐的样子。

她仍然不想伤害他，仍然想尽量按照他的意思去做，她只是悄悄地悄悄地撤离了，不惊动他。他正沉浸于美丽文字的自恋之中，当他津津乐道地描绘英儿娇嫩的生殖器的时候，她悄悄地离开了。但是他并没有放过她。他锋利的斧子上沾满了她的血。血是喷射出来的。他砍断了她的颈动脉,但当时她还没有断气,她的神志还清醒着,那是多么可怕啊!她的血喷射到了他的高帽子上,他白色的帽子与衣裳全部被鲜血浸透了,那双要在"黑夜里寻找光明"的眼睛里全是兽性与疯狂。她清醒着,但是她已经说不出话来。她美丽的双颊在一点点地塌陷,明亮的双眸在一点点地暗淡。但是她没有害怕,害怕的是他。他害怕她的眼睛,害怕那被他摧毁了的生命。他一口气跑到那棵大树下,用绳索勒住自己,在生命的最后时刻,他仍然那么笨拙,他平时永远对她说:帮帮忙!这一次,他差一点说出来了,他实际上已经说出来了:帮帮忙!帮我把自己吊死!他是离不开她的,离开了她,连死都不会。

诗人们永远在黄昏的美酒里制造着杀机。

还有另一个诗人——这位诗人的朋友,就叫他诗人B吧,那么刚才那位就是诗人A了。当这一个诗人的群体像一座琥珀的岛屿一般在天空显现的时候,女人们似乎迎来了自己的节日。

另一个美女出现了。

很多年前,她见过那个女人。女人的身材非常苗条，表情有几分忧郁。当时她在郊区的一座工厂工作，但是她实在不像一个女工。当她静静坐着的时候，令人想起弗鲁贝尔油画中的俄罗斯少女，也是那么美丽，带有一点忧郁和神经质。那个时代的穿着是非常朴素的，她只穿着一件格子两用衫，披一条洗旧了的红披肩。她提起诗人丈夫的时候似乎很骄傲，带着一种崇拜的口气。她说：他是从不轻易落笔的。他宁可不写，也决不允许自己写不够档次的诗。她说话时很轻，有点上气不接下气。

但是一年之后，那美丽的少妇便香消玉殒了。她死得同样惨烈。

一天，女人过去的恋人从另一个城市来了。诗人B表现出欢迎的态度。诗人B忙里忙外地张罗着包饺子，为萝卜馅还是茴香馅和女人争论不休，最后他们一致通过一样包一半。通过了这个决议之后就开始忙碌：洗菜，剁菜，挤水，拌馅，然后把花椒油烧滚，浇在调好的鲜馅上，喷香扑鼻。闻见扑鼻的喷香，诗人B就忍不住喝了一点酒，另一个男人也陪他喝了一点，女人看见他们喝，就也喝了一点，然后就一点点地喝下去。他们喝了很多，喝了三坛子花雕，六瓶啤酒，后来诗人B又把多年存放的汾酒拿出来，喝得有点杂了，那么喷香的饺子竟然没吃多少。三个人东倒西歪了一会儿，女人没有忘记拿出一张床，一张行军床。行军床放在客房里，客人自然就睡在行军床上。以上的叙事大家都没有什么争议。问题出在下面。诗人B说，当天晚上，他一觉醒来，舌头上还黏黏地粘着一股酒臭，饧着眼儿一看：媳妇不见了！诗人B说，当时他就预感到，出事情了。他推开那扇虚掩着的门，就看见另一个男人正趴在自己的女人身上，很投入地做爱。女人低声呻吟着，脸色惨白。那个男人看见了他，就跪下了。女人的脸色更加惨白，但却是轻蔑地看着那个下跪的男人，一脸的伤痛与决绝。也许是那个男人软塌塌的膝盖给了诗人B勇气。诗人B的吼声响彻了十六层的塔楼，他手脚并用几下子拆掉了那些罪恶的被褥，把它们统统扔到了窗外。"我的家里，不能留脏东西！"他吼叫着，女人没有一丝声息，但惨白的脸上，始终是一脸伤痛与决绝。

一个崇拜丈夫的女人竟然走到了这一步，这里面难道没有令人惊心动魄的故事吗？！

诗人B说，他的女人后来就有些不对头了，当然是精神上的毛病。诗人B请来当年的结婚介绍人，准备谈关于离婚的问题。女人并没有啰唆什么，她签了字就说，好长时间没上班了，明天我要上班去。诗人B便和介绍人聊起天来，诗人B让声音断断续续传进客厅里去——有好长时间了，女人睡在客厅的沙发上。后来，当他们终于静下来的时候，突然听见了一种奇怪的声音。他们交换了一下目光，不知为什么有些害怕，他们在脚步上谦让着，磨磨叽叽走到那张沙发边上。女人紧紧裹着一件军大衣，侧着身子，像是睡着了，脸色青白，两颊有些塌陷，像是在睡梦中发出些奇怪的声音。诗人B急急拉过她的两只手腕，没事——她过去曾经有切腕自杀的历史。两个男人对望了一眼，诗人B说，可能是病了吧？找个医生来看看？介绍人就自告奋勇地往外走，正下着楼梯，忽听诗人B号叫了一声，那绝对是一声非人的号叫。

　　介绍人疯狂地跑回来，推开门，定住了。介绍人这一辈子也没看过那么多的鲜血！他从没看过鲜血如同喷泉一般向天花板喷射。原来一个人的身上可以有那么多的血！那些浓稠的血黏在墙上，刷也刷不掉。他听见诗人B狼嚎一般的声音：她切断了双侧股动脉！她到底要干什么?！她要干什么啊?！

她很聪明地用棉大衣裹紧自己，只有在掀开棉大衣的刹那，血才像喷泉一般直射出来。她用这样的办法报复了诗人。女人的反抗，无论是刚烈还是阴柔，都有味道。

但这只是诗人B的叙事。另一个目击者将要有另一番叙事。特别是，重要当事人，那个美丽而特别的女人，已经永远缄口不言了。

所以，事实也就随着女人永远缄口不言了。她想。

十

那个梅花鹿一般美丽的非洲少女，忽然在地下室的入口处，拐了一个弯，面对着她，走来。

少女戴着一张面具，是青铜和纯金铸成的，镶嵌着兽皮、羽毛、弹壳和宝石，华丽而恐怖。在本来该是眉毛的地方，王冠般地嵌起两道金箔，两颊刻着公鸡，公鸡的眼睛用昂贵的蓝宝石做成，而鼻子，却非常奇怪地涂着白色，白色对于非洲土著，意味着与死者的联系。

难道这少女是死神的化身?!

她这么一想，就有些怕，但是那面具透出一种迷人的绚丽，如同核桃香木一般，芳香扑鼻，令人迷醉。死亡与如此的美丽勾连在一起，产生了一种巨大的不可抗拒的诱惑。

她想看一看那具面具。

尼罗河文明孕育的，唱着格里奥走出来的非洲土著，用黑檀木、铜版、植物纤维、黄金和钻石写就了一部历史。狩猎时期的人物佩带着梭镖、刀斧和长矛，有大量的羚羊和犀牛、摩费伦羊和鸵鸟；亚战车时期的战车画得很精美，单辕，每边一匹马，人的前臂挂着匕首；亚骑民时期，驾马变成了骑马，勇士们都戴上插有羽饰的帽子，岩刻中出现了柏柏尔语的文字；然后是骆驼时期，风格变成了高度的图解式。奇怪的是，在早期的非洲艺术中，头部几乎都没有脸的特征，再稍后，出现了面具。面具的产生，究竟是怕野兽的伤害，还是审美的需要，抑或是尊贵的象征？那个王后面具几乎是完美的，难怪当年被英国人抢走，放在大英博物馆里，非洲人怎么也要不回来，最后只好复制了一个。美术馆里展出的,就是这个复制品。但是它似乎远远不如眼前这个少女面具美丽。那个完美的复制品仅仅是人工制成,而这个散发着核桃香木的香气的纯金面具,却似乎是上天的造物。

是谁出的主意,让埃舍尔大师的画和非洲艺术同时展出?也许是巧合,但这种巧合实在太奇怪了——同构与面具、普遍与特殊、重复与突现。这个与自己构造相同的少女,仅仅因为一副纯金的面具,就完全区别于其他人,鹤立鸡群,茕茕孑立。

少女走过来了,走过来了。

她以逸待劳地等着,用一种近乎迷醉的眼光盯着那个面具。

当她的手可以抵达的时候,她真的掀起了那张面具。那张用青铜、黄金和昂贵的宝石铸造的面具,在那一瞬间寒光一闪,明亮逼人。

十一

第二天,美术馆的清洁工在打扫地下展厅的时候,发现那个在正厅失踪多日的非洲少女塑像,竟然俯卧在地下展厅的入口处,远远看去,很像一具女尸。

清洁工像所有外国电影中这种情景里的反应那样,尖声号叫起来。

然后清洁工就悄悄地用大笤帚去触动那尊少女塑像,碰了一下,赭石色的粉尘便开始下落。原来看上去十分结实的雕像竟然如此一触即溃!天啊,清洁工惊叹了一声,知道现场已经被自己破坏掉了。与此同时,她听到来自四面八方的脚步声。

十二

那个住在北郊花园公寓里的女人,有好些日子没交物业管理费了。负责物业管理的张先生忍无可忍,按响了她的门铃。没有反应。邻居说,有好些日子没见到她了。张先生忽然有些害怕,他想起前些时日一个单身女人在公寓里被害的消息,急忙叫来了李先生。两人在长时间敲门没有结果的情况下,果断地用备用钥匙开了门。

房间里空无一人。空椅子上挂着一件黑色长袍和一副鲜红的手套,旁边是一双同样鲜红的靴子。张先生和李先生都记得这黑色和红色。

两位先生在万般无奈的情况下报了警。直到夜色将临,外面才响起警车的声音。

那一天的搜查持续到深夜。没有找到任何线索。后来是因为李先生无聊才打开那个抽屉。所有搜查的人员都呆在那儿——从抽屉里突然飞出的大群蝴蝶把所有人都惊呆了!那些绚丽得让人难受的颜色,在黑夜里闪着荧光,呼扇着翅膀,扑噜噜地拍打在一群呆若木鸡的脸上,甚至还往那些张开的嘴巴里洒落了一点粉尘。

那天的夜好像并不是纯粹的黑,而是一种翡翠般的黑暗,犹如潜伏在水底的水草,带着一种涸湿的美丽。

我跳舞,因为我悲伤

冯秋子

1998年7月，北京最热那几天，我进入文慧的生活舞蹈工作室。文慧说我练习的时候特别投入。不过，投入只是个人的惯常状态，并不说明我真的适合做这件事，能做好这件事。我对自己能不能坚持、能坚持多长时间没有把握。

参加练习的人有的是做纪录片、做自由戏剧的，有的画画，有的从事行为艺术，还有就是我，文学编辑、作家。一群人很难到齐，很多时候只来一两个人。我每星期坚持着，没有中断。深冬的一天，文慧约我到歌德学院，那儿正举办一个关于德国现代舞的讲座。我找到北京外国语大学一侧那座歌德学院的小楼，没急着见文慧，想独自感受一下现代舞最为辉煌的发生地德国，究竟在做些什么。讲座进行了一个多小时，之后放映影像和图片资料。我牢牢记住了德国现代舞大师皮娜·鲍什的一句话："我跳舞，因为我悲伤。"这是埋藏在我心底的话，是我一辈子也说不出来的话。从那一刻开始，我与现代舞像是有了更深、更真实的联结。皮娜·鲍什朴质的光，在这一天照进了我的房子。我听到了许多年来最打动我的一句话，说不出心里有多宽敞。

我是一个比较沉默的人，过去在戈壁草原和围绕着它的大山里，一直很少说话。我表达高兴，就是拼命奔跑，或者一个人待在一个地方，皱着眼睛和脸瞭望远方，我心里的动静，就在那个时间里慢慢流淌。而我的忧伤，是黑天里野生黄牛的眼睛，无论睁开还是闭上，悄无声息，连自己也说不上来为什么幸福、为什么悲伤。半大不小的时候，我被大街上一匹惊脱的马拉的大板车碰倒，腿上碾过一只马车轱辘，也没有出过声。后来我常盯着马路看，想知道一个人倒在车底下是一种什么情形。我偏爱过去那种大轱辘牛板车和解放牌大卡车，它们的底盘高出去一截，倒在车底下的人有可能生还。我的全部生活就是这样，和跳舞不沾一点边。

我们那里一年四季刮风。无风的日子我就快乐得翻天覆地那么旋转身体,我会爬上房顶,测一测是不是真的没风,然后像房顶上堆起的麦秸垛,我在心里垛起这一天要做的事情……我能看见开败的蒲公英的小毛毛漫天飞舞,看见它们在太阳底下乱翻跟头,看见戈壁草原上的一堆堆牛粪,把那些纤细的小毛毛一根根吸进牛粪洞里,看见吸附了碎毛毛的干牛粪被人塞进炉火里,飞溅出灿烂的火星。

"你的泪珠好比珍珠,一颗一颗挂在我心上",听过多少遍只有两句歌词的这支歌,还是百听不厌。我常去米德格的杂货店,听她奶奶——那个没力气睁开眼睛的老女人哼唱这两句歌。一边听歌,一边帮米德格干活儿。待停下手,就背着米德格的女儿出去玩耍,对那个没有父亲的两岁女孩说话。后来女孩长大了,跟乌兰牧骑一个跳雄鹰舞的男孩跑没影儿了。

那个女孩长到四岁还说不清楚话,不叫我"姑姑"叫我"嘟嘟"。米德格说:"你教她吧。"我拿一根树棍在土里写"赵钱孙李……"她写"孙李钱",写了好几年,终于能把字写得全乎一点了。只是"赵"字,写了几年以后,仍然缺东少西,我前面写,她紧随后面跟着写,可她不写"赵",光写"走",还把那条腿拉得长长的,不给往回收。所以她除了添乱,什么忙也帮不上。米德格的奶奶死的那天,我正好在杂货店。老女人唱着唱着突然睡下了,米德格喊我去看看她奶奶想要怎么样,那个小女孩拉扯着不让我走开,等我摆脱那个小东西,跑过去翻转米德格奶奶的身体,问她:"你怎么啦?"老女人已经死了。米德格跑过来大喊大叫,老女人这时又睁开眼对她说了一句话。米德格发了半天呆,想起问我她奶奶刚才说了什么。我把听到的告诉给她:"别信你爱的男人。"

那是一个长长的没有男主人出现的故事。

我在一个时间凝固的地方长大。

今年春节我回内蒙古探亲,一高兴跟我母亲说,我跳现代舞呢。我母亲说:"你要止痛片?"她挪动困难的身体去那个存放了一些药片的小筐里取。我说你不用拿药,我没病。她:"你把止痛片带在身上。"她捏着小纸包从一个屋子跟着我进到另一个屋子,看着我,等我接她的小纸包。这是她能给我的唯一的好东西,在她看来这个东西非常神奇,像宝一样,她周身疼痛难耐时,止痛片帮她麻痹了一些知觉。她听不懂"现代舞"。后来她问："是不是和男子一起跳?"我不知道怎么回答她。

我的事情一般不跟她讲。我确实不爱说话,更不对母亲说什么。从小到大就这样。

我离开家十多年以后认识文慧,她的职业是舞蹈编导,与我同岁。在我的朋友中,她是唯一专门跳舞的人。要是不和她近距离相处,我确信跟她成不了朋友。我熟悉文慧以后,想到:我母亲一辈子承载别人,不知道她能不能明白,现代舞也是一种承载方式。

我想说说文慧。

20世纪90年代初,文慧开始倾心现代舞,在国内比较早从事现代舞的实践。我觉得,她选择现代舞跟她的心性有关。她是个愿意倾听别人的女子,常会记挂别人的麻烦事情,在以为适当的时候,送上她的问候。生活中大部分时间比较讲求情趣,有时候也为一点小事发愁,整个人塌陷进去,一筹莫展。还有,她也会情绪化,偶尔发一点怵、发一下浑,是年纪大了以后,舞蹈剧场越做越有声望,她的压力越来越大，撑不住了就释放一下。更多的时间，文慧自觉自愿、自动发光，既和煦又温暖。2001年春节前，跟我们一起排演《生育报告》的王亚男回云南老家过年去了，我们聚会，她缺席，文慧打电话叫王亚男的二哥过来，他在北京打工，一个人孤孤单单，生活很清苦。这种情况，文慧比较果断。她的温良和热乎心肠，使她通明事理，她是个感性的人，对人呢，一般情况下能往里看、往深处看，懂得分享他人的欢喜、抚慰别人的悲伤，算一个很在乎别人的人。

是因为能懂得别人更多一些吗？应该是。总之，她在意人的状态，重视人的生存境遇。排练的时候，她着意强调："别忽略此时此刻的感受。"我们在这样的方向里，做了大量练习。作为编导，文慧腾出时间让大家交流，而国内的专业舞蹈演员，之前几乎没有接触过这些内容，不习惯做这样的练习，不习惯长时间坐下来讨论，探究，研磨。动作身体，是他们的强项；用语言、用思想、用情感、用心灵，倾听，交流，相互借鉴，互相切磋，启发，鼓励，协助，给予，以至能有愿望去发现和找寻触及人灵魂的肢体语言和表达，他们不曾有过这样的经历，也没有被要求过或者是感觉到自我需要去做一些实践，哪怕实验一回。私下里有过个别好友之间三言两句的交流，更多的是顺应一种自上而下的程式和规范系统，或者依长此以往的惯性轨迹去完成任务。

再比如，练习在一尺左右的距离对视，舞蹈演员们平视对方，安静地体察对方的内容，领会人和人之间也许遗忘日久，也许讳莫如深的东西，在相互凝视的过程中，产生疑似了解，甚至理解那样的元素，艰难的心有一点松动，人们互相产生出珍惜和信任。然后，做肢体训练——这时，充分利用自发的肢体，传达人的内心。在此进程里，文慧讲求开放式训练和训练中人体的开放质量。几年来，她汲取了自己和大家练习时做出的很小、很生动的生活细节，把它们做进了现代舞，已有《裙子》《现场——裙子和录像》《100个动词》《同居生活》《与大地一起呼吸》《餐桌上的九七》《脸》等作品，以及1998年至1999年进行了一年半，于1999年11月下旬在北京人艺小剧场首演的《生育报告》，这也是我全面参与建设和完成的第一部舞蹈剧场作品。其实，北京、广州两大城市的现代舞团及团体外专业人士，到目前为止总共不到一百人，即使加上文慧的非舞蹈者兵马，如我，喜欢并愿意身体力行者，现代舞追随者的总量也未能有一百零一的突破，比起这个国家十二三亿人口，几十人的现代舞队伍，真如沧海一粟。但它毕竟存在了，成为偌大一块高粱地里的一杆枪。

现代舞对人、对舞者自身的关注，是它一出现在文慧的言谈中、出现在北京团体内部或者公开的舞台上，就吸引我的地方。那时我和文慧经常在一起玩儿，有一阵子，她差不多一周到我家一次，想来已有八九个年头。文慧的思维急促，闪烁跳跃没有规律，一句话还没讲完，就跳到另一句，从一个话题突然跑入另一个话题，从一种语境转脸工夫跳到另一种语境，自己竟浑然不觉。听她说话，我经常是一边听，一边眯着眼睛笑，看着她急匆匆往前奔突的样子，想象她前一爪子后一爪子不失闲那么倒腾，觉着她很像临产前的孕妇，不把肚子里的小孩子生出来，惴惴不安。

不过文慧的直觉和传达能力是出色的。

我看过文慧编导的一些民族舞，像《红帽子》《算盘》，已成为东方歌舞团的保留剧目、经典作品。

她是东方歌舞团具有个性的舞蹈编导，曾经被国内影视和大型舞台作品请来请去到处编舞，声名火爆。正当隆盛时刻，她突然转身，把自己收回来，不再奔赴热闹非凡的现场。我们就此交谈过很多。她说感觉到很焦虑，那些深埋于心的东西，日久天长以后，似乎已经酿造成形，她觉得必须要通过一种与过去完全不同的、了无舞蹈痕迹的方式来表现。她自己越来越想要生活状态里的东西，她意识到，这些正是赋予人到中年的她、她的作品真正具有个性和内涵的东西。

我参加她的训练以后，确实感觉到，以往二十多年跳或者编导民族舞、东方舞的经验，有益的，她努力地吸收进来，多余的，她一感觉到就把它们从自己身上剥离，而且她是比较自觉地去这样做的。我们每做一种练习，她都注意朝自己追求的方向靠拢，有时，她不满意自己或别的专业舞蹈演员做的动作，就停下来，直言不讳地讲："我们这样不行，太知道肌肉怎么使用了，特别做作。"有时候她居然开着玩笑说出"恶心"这样的词语。于是重做，反反复复做，连着几天做，直至找到感觉。

她对现代舞的认识和实践比较成熟以后，建立了这支相对稳定的训练基队和工作团队，使用她的方法进行训练。我配合着她，一面投入训练，一面插着空同大家交流。从我自己来说，是把练习之前、练习当中或者练习之后的交流，当作另一层面的训练，思想的、心灵的、美学观念和精神领域的探讨和体察，当作人和人相互开启心智、激发灵感、鼓励和协作的方式，当作学习和成长的机会。我也想更多地去认识和理解现代舞蹈，更多地认识和理解在这个现场实验之前不曾经历过的艺术方式。

要完成具体作品的话，我们就转入集中排练。文慧这些年去北美、欧洲和亚洲其他国家学习、排练、演出，身体前所未有的柔韧，筋脉能够打开到从前年轻的时候天天练功也没能达到的程度，她自己也觉察到身体的确出现了奇迹。有时文慧很感慨地说起从前，似有深深的不堪回首的隐痛。参加现代舞《生育报告》排练的北京现代舞团的舞蹈演员王玫说，1996年，文慧给他们团做练习，她的动作还是硬硬的，很猛，中间和缓的东西不是很多，也持续不了多久，可是现在，文慧的身体里好像要什么有什么。

我第一次观看现代舞,是1993年,在北京保利大厦,金星和文慧几个人,演出金星的现代舞专场《半梦》。这是不是新时期以后中国大陆的人第一次在国内演出的现代舞个人作品专场,我不知道,触动我的是,我看到舞蹈演员也是有思想的,当然这是基于我对舞蹈完全陌生,知识储备差不多等于零,基于往昔留给我的残酷记忆所造成的心理上的距离。金星和文慧,以各自灵与肉的伸缩,在舞台上创造着时空里的可能性,创造着人的生息和肢体动静,一切混沌如初,是人在梦里才有的感觉。她们的舞蹈把人引向认识的艰难境地,使看舞蹈的人不知不觉地开始思考,感觉到生命在自己的躯体里涌动,而此时,浑脱的人性显现了……一股雨水从你的心里流泻出来,贮满了你的眼睛,恍然觉得舞台上的人就是你自己,你的内心世界和她的,在这个时刻融会贯通。这一切竟是因为舞台上的几个人,她们的头脑与她们的个体一起顽强地生长,你甚至看到,生长本身的与众不同。在整个欣赏过程,因为被舞台上的人牢牢抓住,因为投入地欣赏,你已经由一名观众成为一名参与者。

喜欢她们的专心致志。我兴奋不已,那天晚上从东四十条回和平里的家,本来该打车迅速回家,孩子一个人在家睡觉,我担心他有什么麻烦,我们住一个大筒子楼,万一他出去上楼道里的公共厕所,梦里糊里糊涂找不着家、回不了家呢?但是我激动得不想一下子缩短这段路程,就这么度过那段时光。于是在心里为孩子祈祷、祝福,但愿这个美好的、星星躲在黑幕里的夜晚万众吉祥。我走着回去,十来里地的路,在黑夜里,在脚下,我奢望一步一步地走完它。当走进黑洞洞的北京城,发现有那么多窗户,那么多暖洋洋的灯光,那么多人尚未入睡,深夜的北京宁静、安详,都像是我的家,都像是我的家人。真是好,就如那个剧场作品是你自己创造的一样。

几天后,文慧对我说,我们一起做吧。她说她想做的现代舞,是要非舞蹈者的内涵,要你的质感,要你带着自己的思想跳舞……她说,就是要你的生活本质、状态,要你对生活的理解。"冯,你正合适。你是最合适的人选。"这是一次令人愉快的谈话,但她的建议,我不能够当真。我离舞蹈实在太遥远了。现代舞对于我,就像我的一个女友面对她八十几岁的父亲突然和一个年轻女子展开的婚外恋，同样不可思议。我跟舞蹈，那位女友看着年迈的父亲每天寄给情人一纸誓言，这些事情，中间隔着的距离和距离产生的荒诞与威严，对我来说，不可逾越，不可捉摸。

文慧鼓励我，说我身上有种特别的东西，天然的、没有后天装饰的，是她希望引入她的排练中的。比如，舞蹈演员经常是往上拔，身体飘惯了沉不下去，她觉得我能够与土地相接，身心是安静有力的。文慧非常想要与大地靠得更近的东西。我说，我想拔拔不上去呢。她说，你别，别丢掉你的东西。她还想要我投入时的状态。可我觉得，我投入时整个看起来像个衰老的人，身心全都陷落进去。过去是忧郁，现在除了忧郁，还有陷落，沉浸之深已经不太容易拔出来了。听别人说话，或者我在做一件事情的时候，全是那样子。幸而讲述者跟我一样也那么投入。于是我想，那时候我们是平等的。倾诉和倾听，都身临其境，心里的感受甚至分不出彼此，一样感同身受，能够传达，能够理解，并且不知不觉中已在承担。我投入时的那个样子，是文慧想要的吗？

不过还是心动了，我想可以试试。这些话，文慧已经说过好几回,1996年底又开始吹风,她说想请我做《生育报告》的编剧,也做舞蹈演员。我听取了她讲的希望我承担编剧职责,做舞蹈演员的建议并没在意,跟我关系不大。一年后,她从美国回来,多次讲起她想要做的关于《生育报告》的作品,需要对女性尤其是身为母亲的女性做大量采访,而我是她确定第一个采访的对象。她的生活舞蹈工作室于1998年7月开始了常规训练,同时为《生育报告》做准备。她告诉我,她还要从我身上发掘东西,我的潜质远远没有出来。以后的日子,她常让我就某一点做练习,做下去,比如,和一面墙发生联结。让我的身体与那面墙以自己的方式去接触,她要从中看我的理解,看我的身体对墙这一物体的实地反应。那一天,我正对墙壁,紧贴在墙壁上,真有点像我曾经掉进深水井里的情形。那是三十多年前,我的两手紧紧扒住井壁,身体绝大部分没在冷水里,一点声音也发不出来,头顶上的时间像死去了一样,等到比我大两岁的哥哥救我上来时,我已经僵硬地钉在井壁上,他使出全力才把我拽上来……我做这段练习时连自己的呼吸都听不到,也忘了文慧的存在。

我们的练习内容很多，而且每天有变化，有时会放些音乐，每个人怎么理解那段音乐，就把舞跳成什么样。有时是几个人之间在动作上接受、传导、承接、发展……还有一次，训练间隙，她们利用歇息的时间打电话、接电话，我一个人觉得还有力气，就原地跑步。文慧看见了，说："冯，再做一遍好吗？"此后几天，让我增加原地不抬脚跑步。后来文慧见我坐着跑，觉得一种能量蕴藏在相对宁静的情境中，更有表现力，就把我坐着奔跑做进了《生育报告》。坐在原地摆动双臂，速度越来越快，从十几分钟，发展到后来的半个小时，直至耗尽全部力气，并且一边跑，一边叙述，持续不断，像回忆、像报告，语调平稳，声音不大，但很清晰……等我终于停下来，同伴们说，那个过程有一种让人不得不跟着你进入的魅力。而我说不出自己的感受……汗水印在眼睛里，确实生生不息。越往后，我练习时候做出来的很多东西，被文慧做进不同的舞蹈剧场作品，成为那些作品的支点和架构环节。

　　到今天，我写作这篇文章的2001年4月，我们的训练场地换过好多次。偶尔没地方排练，我说来我家吧,她没做选择。在这之前,我感觉到场地的困扰,给她带来不小的压力,提议过去我家排练。那是1998年冬天,一支二十几人的演员队伍,两个月以后,只剩下文慧和我两个人了,我们住得比较近,在我家训练,对我没有不方便。她说:"最好不在家里,在家里人的身体是松懈的,状态不对。"她出去找地方,跑过不下十几家,甚至答应每周去给那里的学员上一次舞蹈课,以换取让我们一周使用半天排练厅。那时,我感到文慧是真爱这件事,即使只有一个队员。一个人真爱一件事,为这件事坚定不移、吃苦耐劳,在北京的寒冬为带领一个队员继续训练做尝试、做努力,这一切在我心里产生了影响。我比较在意了。她说的另一句话,也给我留下深刻印象。我们每次去排练厅,总看见舞蹈演员用过的排练厅一片狼藉,我们二话不说先打扫卫生,使用完离开时保持排练厅整洁干净。文慧讲,在国外也是这样,芭蕾舞演员还有别的舞蹈演员,对自己的排练厅使用、糟践,不会亲自动手打扫,只有现代舞演员不作践场地。她见过的欧美和亚洲其他国家的现代舞团,都非常自觉地去劳动,人也很朴素,平易近人,不管他们的名声有多大。

我相信，这一切和现代舞的精神实质有关系。所以我风雨无阻地做了这件我爱的事情，全副身心进到里面，并从一次次排练中走过来，带着不同的原创作品，应邀在国内和国外的国际艺术节、舞蹈节、戏剧节，以及欧洲、北美、亚洲多国的国家舞蹈中心及大中小城市历史已久的剧场和舞台上，与其他几位专业舞蹈演员一起，从容而富有创造性地展开我们的"舞蹈剧场"。

在国内，金星的现代舞与文慧的现代舞不同。金星的舞蹈有更多的肢体挑战，技术含量高，讲求动作幅度和细节，动作要至善尽美；文慧的舞蹈剧场作品比较生活化或者说由外化内，与舞者的现实处境有关，即带着真实的自己进入，排练和交流具有同等的重量。两位现代舞编导各有千秋，追求的高度、难度、幅度都比较大，她们是目前国内优秀的现代舞编导。现在，文慧越来越多地倾向做舞蹈剧场，舞蹈、戏剧、电影、装置、音乐等因素综合发展。就她已经完成的舞蹈剧场看，比如《同居生活》《生育报告》

等，作品的表述临界于现实与超现实之间，具有很强的实验性，内部张力的确有点儿蛊惑人心。另一方面，文慧主张的现代舞对演员的素质要求，说简单，也确实是这样，你心里有什么可以抒发出来；说苛刻也不为过，排练中，舞蹈演员有时会感觉身心疲惫，心被掏空，就要承受不住了，而且，抑制和约束实际上存在于舞蹈演员的艺术素养的根本之处，存在于作品的内外时空中。我以为，它不在于演员做了什么动作，而在于为什么个体有了这样的行为，"我"心里边的东西可能是这样的，或者反过来；为什么非得这样，不这样行不行呢？……

就自身情况而言，文慧的舞蹈、舞蹈剧场，方式和传达，与我比较契合。我在舞蹈，也在尝试戏剧的表现可能，还有对于装置艺术出其不意的整饬。而我，本质上是个忧郁的人，愿意在阅读、思考和劳动中生活，心里面相对安静，有时候比较好动，那是因为小学、中学、大学，当过学校几种球类运动队的主力队员，甚至做过四五年地方乒乓球队主力队员，真心喜欢体育运动，但文慧觉得，在排练厅，我动的时候，还是有点儿沉默。有好多次，文慧要求舞蹈演员发出声音，她总是听不到我的声音，后来她跟大家笑说这件事，说那时"冯的声音小得除了她自己谁也听不见"。于是文慧让我出声，让我唱，甚至让我倒立的时候发声。

于是，我一点点打开自己。在肢体和心灵的修习中，一点点地找寻人原本的意义、存活的意义。

我的过去，就像白天黑夜，没有多少意义。

生活在白天和黑夜的时间太长，我不喜欢。

我说过，我生长的地方。风呼啸而过，房子外面的东西掀翻上天，挪到了别的地方，我们的心和眼睛也被摘掉，放逐到远方。但是几里以外的房子还是传来睡死的老人长一声短一声的鼾啸。天亮后，我们的眼睛陷进头骨里，我们的门窗陷进黄沙里。我和哥哥妹妹拼命喊，没有人听见。风倒是停了。我们的嗓子沙哑，一动就出血，于是用手刨，或者用铲子挖。高音喇叭的线和电线杆子被刮到蒙古国和苏联，战备防空洞和那些流浪汉也全部消失，我们的天地死寂一片。我们完全想象不出父母此时此刻怎么样，我们在这边，他们在流放和监禁。风沙埋葬了一座又一座房子，人们常遗弃断墙残壁，拉大扯小，在看不见路的飞沙荒野行走，想找到一间死了主人的房子。每回沙尘暴过后，沙坝下没有父母的孩子，或者没有孩子的老人，总有冻死饿死的，他们腾出来的房子谁抢占了谁住。沙尘肆虐依旧。后来，我因为放声高唱小常宝的"八年前，风雪夜……"被招进学校文艺宣传队，第二天我交回宣传队老师让填的表格，老师看到我父亲的名字，收回了想吸收我做宣传队队员的决定。跟后半晌的风一样，这件事迅速刮过来，一下刮过去，天一亮销声匿迹。以后，我除了呼喊哥哥、叫唤妹妹，没怎么出过声，也没唱过歌曲。那些舞蹈，草原上的什么见到了什么的舞蹈，当时没来得及操练，以后再没往那种美丽方面想。

  初中的时候，偶尔从宣传队的教室经过，看到一些切断的动作和笑脸，我在脑子里拼接过这些开怀或者割裂的画面。我能连到一起的是他们的笑。我不太确定宣传队的同学跳舞时一直笑着是什么意思。书上说劳动创造舞蹈。劳动的舞蹈是有欢欣，但专注的基调被抽掉了好像不那么对劲。舞蹈过程立足专注可以避免简单概括、繁华图解，而笑好像帮助遮掩了不少回心不在焉，要不然演员下去以后对谁都是一副横眉冷对的面目怎么解释？从头到尾欢笑，指向了单一的方向，昭显了单一的面貌，支撑生活和心灵的真实而集约的因素却散落不见，人的复合性的血肉、魔魅的质能也被丢失殆尽。不是否认欢笑，欢笑没有什么不好，是说只有欢笑的舞蹈远不足够表达更多的东西，假如只是作为姿态和表情，欢笑也不足以映衬舞蹈。一味欢笑，使舞蹈简单化、表面化、形式化，而且舞蹈格局也有些机械化，再说，一味欢笑也不是舞蹈的全部啊，之所以欢笑的深入的根由应该是在现场，但是，欢笑被规定下来，现场发挥的余地就不大了，而有余地的笑意，总能打动人。我想起，我母亲劳动的时候，还有别的人劳动的时候，不尽是那种咄咄逼人的表情，那种用动作表达态度的模样。据我观察，劳动的人再苦再累，脸上也是平静的，人很专注，比如劳动了一辈子的米德格的奶奶，她唱忧伤的歌，脸上没有忧伤的表情，她爱的男人在她年轻的时候抛下她和他们的儿子远走高飞，但她忘不了，有一次男人喝醉酒抚摸她的脸，他流下了眼泪，因此，米德格的奶奶一生在哼唱那支歌子："你的泪珠好比珍珠，一颗一颗挂在我心上。"

我不明白，笑得那么厉害的舞蹈，是不是好舞蹈。笑，是不是单纯为了舞蹈发笑。笑得那么厉害的舞蹈者，是不是真的高兴，真的喜欢正起劲表演的舞蹈，真的想那么笑，是从心里自然而然地笑出来，具有诚意和相当的稳定性。当时，我想：你在舞蹈里，怎么能一直笑不算是舞蹈里的东西呢？是不是你担心你的舞蹈不够打动人？不管你把舞蹈跳成什么样，你只管笑？直到十多年前，我的思路还停留在这样的地方。我看过一场歌舞晚会。那次，突然感觉到舞蹈演员的笑有时候不那么可靠，他们笑的时候思想和意识是游离于动作本身的，那样的笑法，感觉只是想让观众看见演员，争先恐后地表演作为个人谁笑得更好看，而不是专注于自己的舞蹈在做什么，这个舞蹈是什么样的舞蹈，他对舞蹈有什么想法，在这个舞蹈里他想表达什么，他自己给予了舞蹈什么，这些内容基本看不出来。他和舞蹈的关系局限在外部，深入不到舞蹈的实质里面，演员和舞蹈之间没有建立起本质的关联。演员不承担作品的更多意义。

但我不知道，有一天我会成为一名舞蹈演员，并在实践中经受锻炼，做了比较自由、宽敞的舞蹈剧场的编创者和表演者，与舞蹈尝试着建立一种积极的实验关系。因为过往粗陋、偏颇的经验，我差点儿失去体会个人和舞蹈、生活和舞蹈萌生相互协助、互为促动、互相创造的机会。其实那些画面在我心里过滤了无数回，因为中间缺少环节去过渡、缺少内容去联结，画面之间思维混乱、沟壑横亘，贯连不到一起。后来我想，如果当初我能从容地站在宣传队的排练教室里面，没准儿以后就能连缀自己的想象。那时候虽然风沙侵蚀，但心里透彻，渴望被阳光浸融。但是阳光没有照到我。

我不知道那年在西藏拉萨跳舞，对我今天去跳现代舞有没有帮助，那是我第一次跳舞。大厅里响动着一支迪斯科舞曲，我肆无忌惮地跳，疯了一般，跳得全场的人都退下去，静静地看着我，然后掌声突起。在那之前，我和朋友们坐在一个地方，听他们说话、唱歌。有蒙古族血统的裕固族青年诗人贺中吟唱了一首流传在西北地区的蒙古族民歌，我听了，有点想哭，但又不是完全能够哭出来，心里的东西很简单、透明，源远流长，发不出哭那样的声音。我感到美好，就走进去跳了，跳得有些忘我，不小心摔倒了。摔倒了也是我的节奏和动作，我没有停下，身体在本能的自救运动中重新站立起来，接着跳。那个晚上，在整个舞动过程里有一种和缓而富有弹力的韧性，连接着我的自由。这是没有规范过的伸展，我的内在力气一点一点地贯注到里面，三十多年的力气，几个年代的苍茫律动，从出生时的单声咏诵、哭号，成长中心里心外的倒行逆施、惊恐难耐，到今天，悲苦无形地深藏在土地里，人在上面无日无夜地劳动……此时此刻，我在有我和无我之间，没有美丑，没有自信与否，只有投入的美丽。我一直跳，在一个时间突然停顿下来，因为我的心脏快找不着了。

我对文慧说，原来我想，如果自己生的是女孩，不会让我的女儿学习舞蹈，但是现在不这么想，真能生一个女儿的话，一定先经过舞蹈训练。舞蹈也好，音乐也好，绘画也好，文学也好，所有的艺术，都是在心里完成个体的长大成人过程，建立和生活、和人的良性关系，培育和实验发现的能力，创造性地实践心灵和思想的成长。

但是，我还不能用语言说清楚现代舞。所以每一次排练，我都随身携带一个录音机，它帮助我把更多关于现代舞的内容、特质，以及文慧的现代舞不同于别人的地方记录下来，帮助我把每一天的感受，每一种练习，甚至是那些过程里的某一个灵动，聚拢起来。希望有一天，我能比较准确地理解现代舞，可我不知道那是哪一天，那一天何时能够出现。

*我想在未来做的事情，一是当编辑，一是写作，一是拍纪录片，再有就是做现代舞。一辈子可能就做这几件事。

这几件事，是我热爱的。但跳舞，确实因为悲伤。

常玉,以及莫兰迪

草 白

常玉被誉为"东方马蒂斯"或"中国的莫迪利亚尼",并有各种细致入微的分析来证明他们之间存在的关联度及可比性。事实上,任何艺术家之间的比较,都是后人无奈中的怠惰之举。如果说常玉在其艺术生涯的某个时期,受了亨利·马蒂斯和阿梅代奥·莫迪利亚尼的影响,那是可能的。

常玉到巴黎那年,天才莫迪利亚尼刚刚去世不久,马蒂斯也于三年前搬到法国里维埃拉的尼斯郊区,但常玉认识马蒂斯的儿子皮埃尔·马蒂斯,他们还是大茅屋画室的同学。

无论是马蒂斯,还是莫迪利亚尼,他们对常玉的影响,更多的大概是技法层面,这是最浅层,也是最容易被识别的。就经典作品对作家的影响,余华曾经做过一个比喻,大意是说,阳光对树木成长的影响,在于树木吸收了阳光后,仍然以树木的方式成长。

艺术作品对艺术家的影响也是如此。

这篇文章当然不是为了做比较,拿常玉与莫兰迪比,找出他俩作品的差异性及共通处,以此得出某种牵强附会的结论。事实上,常玉与莫兰迪的人生没有任何交集。常玉出生于中国四川,在巴黎蒙帕纳斯终老。莫兰迪更是过着僧侣般的生活,终其一生几乎没有离开过他的故乡——意大利北部的博洛尼亚,唯一一次出国是去苏黎世观看塞尚的画展。莫兰迪大常玉十岁,俩人分别于1964年和1966年离开人世。或许,他们在世时,都没有见过彼此的画作呢。

此文之所以将常玉与莫兰迪写在一起,更多的是基于我的发现与看见。这与常玉无关,也与莫兰迪无关。在过去的某段时间里,这两个人在我的内心逐渐走近,就好像他们曾一起住在某个无名小镇,互为邻里,可以相交默契,当然最有可能我行我素。

我想象着身材瘦削的莫兰迪从家中出发,走到博洛尼亚美术学院,给学生们上完版画课后,又原路返回；回到沾满灰尘的陶陶罐罐中间，回到安静而充满秩序的生活中，日复一日。而巴黎城里的常玉，大概会晚睡晚起，在午后的咖啡馆里一坐就是大半天。咖啡馆的侍者们，多半会给这个中年落魄的中国艺术家留一个不被打扰的位置。

在常玉那里，一束花、一盘水果、一匹马，可以经年累月，画了再画。莫兰迪也是如此，反反复复地画着家中随处可见的瓶子罐子，审视着它们之间的微妙差异。画瓶子罐子的人很多，可没有人像他那样，画得如此灰蒙蒙、惨淡淡，好像在所有的颜色里都掺入了灰色调，或许还有白色调——浓雾一样惨白的色调，意大利北部的秋冬天气大概就是如此吧。

常玉以及莫兰迪，好像都在追寻着日常生活中隐藏的东西。他们从不满足于眼睛看见的。他们在表达感觉，对"物"及对时间流逝的感觉。由此，观者看他们的画，总有一种恍兮惚兮的神秘感。

一直以来，粉末一样的时间，纷纷扬扬，覆盖在莫兰迪的静物上。常玉的人体和花卉也在时间的沙漏中处于永恒的静止状态。在这样的画面中，画家没有直接描述自己的感受或体验，但观者在观看这些形、色与空间时，会不知不觉地将自身体验带入其中。

莫兰迪的静物，使得高楼林立的现代都市成了《水经注》里的烂柯山，而观者干脆化作荒僻深山里看棋的童子。常玉的动物与花卉，也摆脱了现实世界的生长逻辑，阐明了另一种关于时间的逻辑——人在时间中的出神状态。

我相信，无论是常玉，还是莫兰迪，他们对时间的敏感度和熟悉度都远超常人。而且，他们借助的是物，那些永恒之物散发出圣洁的光辉。尤其是莫兰迪，终其一生都在画物的精神肖像。

莫兰迪大概一直铭记伽利略的话，后者认为真正的哲学之书、自然之书中的文字，跟我们的字母表相去甚远。莫兰迪以艺术家的敏感，察觉到物与物之间天然存在的亲密关系，那就是圆柱体、球体、圆锥体之间的关系。他自由地排列、组合它们之间的关系，而那些"灰蒙蒙"的色调恰恰是对这种关系的真实把握。某种程度上，莫兰迪所做的就是日常物体的"非日常化"表达，这既是他深入观察的产物，也是对现实之物的想象与质疑。

常玉生命中的最后二十几年，除了短暂的出游外，一直居住在巴黎蒙帕纳斯沙坑街28号公寓里。在那间位于顶楼的寓所里，他画盆花静物，铁线般的枝条，色彩艳丽，且长满动物小兽、奇花异果——有中国的石榴、桃，还有飞舞的蝶、鸟、雀，应有尽有；并有大肆渲染的红、黄、蓝、绿等色调，给人琳琅满目之感。这次，常玉使用的是最强烈、最炫目、最具冲突性的色调，与早期画作中的清淡色系迥然有别。从这一点也可以看出，常玉晚期对色彩越来越没有偏见，他按需索求，而不是听凭习惯的召唤。绚烂色调及超现实因素并置的做法，或许是为了隐藏内心的失落与虚无吧。

战后的巴黎不再是艺术家的朝圣之地。随着年老体衰、体力不济，自由惯了的常玉大概也感到了某种不适。艺术家可以离群索居，可以隐藏现实生活的痕迹，但所有一切在作品中必将暴露无遗。当面对自身的时候，任何人都无法做到不诚实，这是艺术的价值，更是人类尊严所系。

莫兰迪不允许家人打扫画室里的灰尘——它既是时间流逝的见证，也是物的归宿。从这个意义上说，灰尘是见证"真实"的物证，清洁则是对真实性的违背和去除。莫兰迪画作中,那些蓝色、白色、黄色的器物表面上,堆积着一层薄薄的、毛茸茸的灰尘,让我想起小时候祖母卧房角落里堆积着的圆肚子、小口的瓮,其盖子上也是那种灰乎乎的颜色。

时至今日,我似乎还能闻到那股呛人的气味,一种时间流逝的悲怆感。大概就是为了真实地表现一个"尘埃"与"光芒"同在的世界,莫兰迪创造了一种独特的色调,被后世称作莫兰迪色。这种低饱和度的色,暗哑、幽深,宛如笼上一层时间的迷雾,给人疏离感。无论是明亮的黄,还是纯净的蓝,在莫兰迪的理想国里,都成了灰黄与灰蓝,是某种色调在过度使用之后所呈现出的泛白的感觉。这是莫兰迪对时间的表现,也是其作为艺术家对绘画语言的重新发现。

常玉的粉色系列也给人类似的观感。常玉在粉色里加入了白与灰,使得那些粉呈现出斑驳感,减弱了粉色的亮度和纯度,使之更接近于暗粉,或者粉白,从而模糊了粉色与周遭色彩之间的界限。

无论是常玉还是莫兰迪,都抓住了色彩的本质。他们将色彩从物的颜色,过渡到心理的感觉,进而营造出一种氛围。氛围与回忆有关,也与心理暗示相关。它是一个谜，猜不透，说不出。只有一次次，一眼眼，不断地观看、沉思，进入其中，再出乎其外。除此之外，并无别的办法。

如果常玉看过莫兰迪的静物，或许会惊呼，居然一个异邦画家的作品中流露出如此纯正、蕴藉的东方趣味，尽管是以西方几何语言表达出的趣味。形与色的极简，雕塑般的立体造型，在依稀的、可供辨识的基本形态中，追求似与不似之间的意趣。有些静物轮廓甚至微微扭曲，似乎是对个人精神遭遇的暗示。可以说，莫兰迪画的不是静物，而是最高意义上的精神之物。他的美感永远是简净的，混沌的，同时也是生机勃勃的。

常玉的用色方式多为整体平涂，色与色之间是分明的，或互补或对照，给人明亮和纯粹之感。莫兰迪却不同，他的色与色之间是渗透的、杂糅的，空间语言是错位与重叠的。他的色彩在平面和深度上，进行着融汇与交流，给人真实感。

有时候，我分明觉得这是浪子与隐士的两种不同选择。一个天真而率性，一个虔诚而谦逊。他们可以是同一个人的两面，互为表里，互相映照。

无论是常玉，还是莫兰迪，他们都是属于那种"室内"画家。在他们那里，时间好像是恒定的，而空间呢，就是那个唯一的永恒的室内空间，所有静物、花卉共同存在的空间。他们不热衷于野外写生，也不追逐大自然的光影变化，常玉干脆就是一个对光极度不敏感的画家，或者说，他注重的不是瞬时写生，而是回忆似的摹写。

关于静物画的构图，常玉和莫兰迪都非常注重静默空间中平衡感的营造。尤其是莫兰迪。在莫兰迪看似缄默的画面中，时时处处存在着言说的蛛丝马迹。比如绘画时的笔触、物与物的交叠摆放、物体边缘的碰撞与重合，画面中，那种颤动感始终处于运行状态。在色彩与形式之间，莫兰迪找到了一个稳定的框架。他的平衡感体现出修士般的虔诚与克制，以及艺术家的清醒认知。莫兰迪认为即使在一个简单的题材里，一位伟大的画家仍然可以实现让观者即刻产生感动的情感强度和视觉庄严。

莫兰迪所面对的不仅是简单题材，还可以称得上是枯燥、乏味的题材，它们不过是些形状不一、高矮不等的瓶瓶罐罐，它们不主动产生叙事性，也没有物品背后的故事要讲；它们是日常用品，既不特殊，也不别致。初学素描者临摹的就是那些物品，除了勾勒物体本身的几何造型，甚至都不值得着色。

可莫兰迪给它们上了色，还赋予它们内部的暖光。据说，他是这样画那些瓶瓶罐罐的：一开始，他会在布面上涂一层鲜亮的色彩，之后，再用别的冷色颜料一层层涂覆上去。最后，观者所看到的这些灰蒙蒙的物体，便带有一种由内部生发出的隐约的光亮与暖意。

常玉和莫兰迪共同感兴趣的是，以何种态度走向他们酷爱的题材，走进题材的内部，去考量画面的分布与布局。也就是说，他们关注的是物的位置以及物与物之间的关系，以及由这些关系所传递出的情感力量。这和叙事文本中，由对叙事内容的关注转移到对叙事方式的更新，有相近之处。

常玉早年所绘的《白瓶粉红菊》，瓶和菊花，以及它们和整个空间，有一种整体黏滞在一块儿的感觉。垂直的画面与造型，没有前景、后景之分，瓶身线条与周遭背景也缺乏明确的界限。画作背景看似单纯，却是各种色的微妙混杂与融合。在并不纯粹的白中出现浅蓝、粉红,并带出隐隐的菊的色调,给人视觉的斑驳感。而后期的《蓝底瓶花》,蓝色作为背景色,并不是整体平涂而成,其间透出许多空隙,瓶中的白色花穗也给人留白之感。在这里,常玉画出了一种轻盈感。这种轻盈感也是对中国传统绘画"留白"手法的更新。留白,不是空,也不是无,更不是画面的凝固和表意的停滞。相反,这幅画的内部空间是流动的。有一些微弱的光,从其内部倾泻出来,好像那里面还有一个更大、更隐秘的世界。

纵观莫兰迪的静物画,其造型与配色都给人相似感,不过是物的增增减减,以及物的排列组合的细微变化,看似重复和毫无意义,观者不仅毫不厌倦,还有一种沉浸在自身世界中的欢喜。

纵观整个西方美术史,莫兰迪是个异数。他不顾一切、心无旁骛地发展了自己的才能和天性。他画的是物,但观者看见的是物背后的东西,在形、色、空间之外,我们感受到另外的气息。不论是紧凑摆放的物品背后空间的营造,还是画面中流泻出的氤氲之气,莫兰迪都遵循东方精神中的"有无相生"之道,让人想起八大山人,想起马远,想起石涛。

这位生于意大利北部的艺术家，是一位隐士。西方绘画史上也有一些这样的隐士，比如丹麦画家哈莫修依，但隐士的生活与画风之间并不具有必然联系。在此，我想到塞尚，是莫兰迪对塞尚绘画艺术的认同与追随，让他比塞尚走得更远。

写常玉的时候，我就想到塞尚，还想到八大山人，想到亨利·马蒂斯。但后来，我时常想起的人只有一个，那就是莫兰迪。我脑子里总是装着他的静物画。我看过他的原作，尺寸很小，挂在展馆僻静的角落里，给人灰迹斑斑的感觉，很不起眼。

将常玉和莫兰迪放在一起，给我一种更深地理解了常玉晚期作品的感觉。从莫兰迪出发去理解常玉，与从马蒂斯或莫迪利亚尼出发去理解常玉，是不一样的。常玉当然不是莫兰迪，但他们之间似乎有一条隐秘的通道，它来自共同的对东方精神的追随。莫兰迪的时代不是一个封闭的时代，即使不能观看原作，也能通过报纸或杂志接收来自巴黎艺术圈的信息。有资料显示，莫兰迪在观看塞尚作品的同时，也观摩了中国和日本的水墨画。

在常玉和莫兰迪之间，我还想到一个人，那个人就是南宋画僧牧溪。莫兰迪的瓶瓶罐罐可以看作是对六百余年前牧溪《六柿图》的呼应。六个柿子，墨的六种颜色，其排列紧凑舒缓，明暗虚实都照顾到了。

最终，我又想到常玉的《枯梅》图。

梅是冬天里的花，是荒寒岁月的馈赠。它开在雪地、山涧、荒野，也开在驿外断桥边。而且，梅枝有一种天然的萧索之美。常玉以此为题，断断续续，创作了一些《枯梅》图。疏朗的枝条，极简的瓶身勾勒，线条、造型都很类似。那梅枝的造型不给人植物的感觉，像是由钢铁焊制而成，充满冷硬的现代感，整个画面却弥漫着古典韵味。两种貌似冲撞的风格，却被一种气息完整地统摄在一起。

这些瓶瓶罐罐，六个柿子，以及这花叶落尽的梅枝，好像是同一个人在不同年代、不同时间里绘下。它们不表现生机，却处处是生机。这些画面里也没有"我"，观者却时时刻刻感受到"我"的存在。

无论是常玉、莫兰迪，还是塞尚，他们都能从自身经历中找到素材，并且在重复的、不起眼的素材中，表现出新意和天赋。这里的素材不仅是素材，更是一种观看方式。如何去观看和感受那些梅枝、柿子、瓶瓶罐罐，如何从形色出发，最终超脱时间和经验表象，抓住事物本质，才是最重要的。

很久以来，童年和少年生活，都是我的写作素材，也是别人的。如何在经验的旷野上搜寻熠熠闪光的碎片，将它们组合成一个完整的世界，是我努力的方向。在此过程中，"此刻"显得尤为重要。我们站在"此刻"的立场，运用"此刻"的感觉，去处理过去的题材。从这一角度来说，一切创作都是回忆和虚构。

绘画也是一种回忆，是回忆基础之上的重塑。人们感兴趣的是这种回忆的生成机制，它是如何发生的。那些大耳朵、大鼻子、大门牙的象，为何变得如此幼小，变成陆地上最小的动物。

我说的是常玉的象。

他画有《白象》和《孤独的象》。象，向来被认为是庞然大物，有壮阔的体形，巍峨的身躯。常玉有没有见过真正的象，或许是见过的，但这并不重要，重要的是那些象在他的画面中，忽然变得很小很小，变得无限的小而孤独，好像它们向来都如此。

我们似乎被这样的象打动了：一头看不出任何表

情的象，奔走在无尽的旷野里，好似一个孤独的人类的孩子，在时间的洪流中摸爬滚打。

旷野可以是虚构的，象或许也是。只有艺术家的情感是真挚的。我们就是被这份情感的浓度和纯粹度打动了。莫兰迪曾说过，他关注的是由物与物的关系中所传递出的情感的力量。在常玉的作品中，无论是《白象》，还是《孤独的象》，这里面物与物的关系都是极其简单的，简而言之，就是一头象和世界的关系，就是我和世界的关系，也是我和自己的关系。

这是所有人，从开始到最终，真正要处理的关系。

在人生的不同阶段，常玉处理的始终是最重要的问题——此时此刻的问题，哪怕是生命的最后瞬间，在他那里也不过是另一个"此刻"，并不比此前的时刻重要，或不重要。

作为一个人，常玉任性地选择了自己的生活方式；而作为一名艺术家，他难免心不在焉。他以毕生余力奔走推销自己发明的"乒乓网球"，而对画作多少有些听之任之。杜尚曾说"我最好的作品就是我的生活"，常玉不仅认同这样的观点，似乎也在努力践行之。

笔的重量

默 音

2020年的夏天，我买了iPad Pro，为的是手写改稿，也想着说不定可以画画玩儿。前者大有必要。无论小说还是随笔，写好的稿子放一放，重新审视，自会生出对字句的细微调整。当然也可以直接在电脑上看，不过，在出版社从事几年编辑的经验告诉我，在纸样或iPad上手写改稿，更加直接和便捷，换一个介质，也能让眼睛意识到之前忽略的问题。

至于画画，"新玩具"刚到手，我跟着网上的视频画了一幅水彩效果的画，感到虽然省却了摊开颜料纸笔和清洗善后的麻烦，但数码毕竟是数码，最直接的体验就是，Apple Pencil在屏幕上打滑，很难控制。后来看到大卫·霍克尼谈论数码绘画，说，就像在玻璃上画。

大卫·霍克尼并不嫌弃"玻璃"介质,用数码画了不少画,且神奇地衔接上他一贯的创作风格。

虽然不像大师那么善用工具,但iPad毕竟便利,我没事就画两笔。尤其在写小说不太顺利的日子,画一幅小画,写几句随感,仿佛至少完成了什么。社交网络反过来推动了画画的热情,因为有朋友表示,喜欢这些涂鸦。当然并不是指画得好,业余爱好者的创作和专业的插画家没法比,多上网看看就知道,外面的天有多高。就像智能手机让摄影变得毫无门槛,不专业不影响拍照热情,数码绘画同样让画画成了随手可得的表达途径,和文字相比,画笔有它抽象又启发观者想象的一面。总之,我画得开心,朋友们看得愉快,其间有不着痕迹的交流。

最近对日本明治、大正、昭和前期的文人逸事感兴趣,陆续读了些书。其中有两名女子的形象不时闪现,又悄然被更大的叙事主线湮没。

一个是尾竹一枝,婚后从夫姓,变成了富本一枝。她的丈夫富本宪吉是"人间国宝",著名的陶艺家。另一个是长沼智惠子,婚后改名为高村智惠子。

她的丈夫高村光太郎是诗人、雕刻家。由于高村光太郎的《智惠子抄》，智惠子的形象不仅在日本，乃至在海外也深入人心。他的诗与随笔让两人的恋爱与婚姻成了某种神话，智惠子最终疯狂和死去，更给这段故事画上哀婉的句点。读到智惠子的传记之前，我先读了黑泽亚里子的《女人的首级：逆光的〈智惠子抄〉》，或许是先入为主，总觉得高村光太郎留下的叙述毕竟是单方面的，他提到婚姻对智惠子的磨损，但那是在智惠子去世后，属于"后见之明"。

一枝和智惠子有许多共同点。她们都曾是画画的人，也都为《青鞜》画过封面。在谈到《青鞜》是一本怎样的杂志之前，有必要先从两位女子的成长历程说起。

长沼智惠子生于1886年（明治十九年），是福岛一家酒造的长女。尾竹一枝比她小七岁，于1893年生于富山。她俩在各自的家庭都是长女，也就寄托了家人的诸多希冀。尾竹家的爸爸与叔叔们是著名的日本画家"尾竹三兄弟"，因此一枝从小被要求临摹旧书上的画，可以说打下了绘画方面的"童子功"。1901年富山大火，一枝跟着父母迁居东京，后来又去了大阪。

1903年,十七岁的智惠子离开故乡,就读于东京的日本女子大学校。该校是日本女子大学的前身,按照当时的学制,是女子的最高学府,但并非大学,而是专门学校(要到1948年才改为大学)。为了说服父母让自己离家,智惠子费了不少工夫,高中时代教过她、在日本女子大学校念书的老师也帮忙写了许多封劝说信。为了宽慰父母,终于去了东京的智惠子在预科结束后念的是家政科。

和智惠子同岁的平塚明也在这一年进入日本女子大学校,她的父亲是会计检察院的官员,父母都对教育十分热心。平塚明是三姐妹中的老幺,小时候身体不好,格外受宠。因为之前就读的学校获得的学历认可不同,平塚明不需要再念一年预科,直接就读家政科,成了智惠子的学姐。

在校期间的智惠子很少与人交际,显得特立独行。她不像其他女生一样熨烫作为制服的袴(裙裤),而是直接把褶子缝起来,还用颜料画了腰带。她在学校接触到西方画,立即沉浸其中,毕业后也不愿回老家,在中村不折的太平洋画会研究所学画。

1908年，智惠子毕业后的第二年，报纸上登载了平塚明和夏目漱石的弟子、有妇之夫森田草平的殉情未遂事件。有关该事件，森田草平写过小说《煤烟》，因此常被称作"煤烟事件"，平塚明后来也以笔名"平塚雷鸟"写过回忆录。被虚构和非虚构文体包裹的事件本身只能说是"青春的躁动"，一心追求精神高蹈的年轻女性拉着一个人陪自己赴死。总之两人没死成，倒是成了丑闻的主角，彼此之间也没有什么后续。

当时和平塚家的母亲一起去接回平塚明的，是比明大四岁的生田长江。他是英语教师，曾和森田草平等人一起办"闺秀文学会"。起初，明就是因为去听讲，在那里认识了森田草平。生田长江可能感到对此事负有责任，后来十分关心明。正是在他的建议下，1911年（明治四十四年），明和同伴们决定办一本由女性主创的杂志。《青鞜》这一名字也是生田长江的创意，来自伦敦蒙塔古夫人发起的沙龙"蓝袜社"。

《青鞜》的创刊资金来自平塚明的母亲，动用了明的嫁妆。从创刊就参与各项事务的保持研是明的姐姐的好友，曾患有肺结核，在茅之崎的一家医院疗养三年，逃离了生死线。因为病情，她毕业比明晚，找工作期间住在明的家里。六月的发起集会上，五个人有四个是日本女子大学校的毕业生。她们定下分头约稿，明决定找素有画名的智惠子来画封面。

智惠子此时二十五岁，她毕业后不再穿袴，形貌仍有些特异。明回忆道："当时的智惠子，敞着和服的后领，拖着长长的裙摆，头发随意一扎，刘海悬在额上，走路的时候累累赘赘的，有些不自然地引人注意。"

智惠子为《青鞜》创刊号画的女子侧影一直被认为是希腊风格的演绎，直到近年的研究才发现，她的画有原型，模仿了奥地利画家约瑟夫·恩格尔哈特（Josef Engelhart, 1864—1941）在1904年为圣路易斯世博会设计的亚瑟王传说拼木画的局部。在那个时代，其他同人杂志如创刊于1910年的《白桦》封面也常模仿国外画家的作品，创作者们的原创意识并不那么强。

1911年9月发行的《青鞜》创刊号定价两角五分（另收邮费一分五厘），读者可以选择预订四个月或更久。这一期收入了平塚雷鸟（平塚明）堪称石破天惊的创刊词，题为《元始·女性是太阳》。多年后，雷鸟的回忆录也用了同一个标题。杂志的末尾印有十二条青鞜社概则，第一条就是："本社谋求女流文学的发达，目的是发挥各自天赋的特性，他日产生女流的天才。"

秋天，日本画家尾竹竹坡在位于东京的家中收到一张来自《青鞜》的订阅明信片。竹坡是一枝的叔叔。去年春天，一枝离开大阪来到东京，就读女子美术学校，很快因为与舍监发生冲突而退学，寓居叔叔家，每天就是做家务。她有画画的才能，但内心与日本画的表现并不契合，念书的时候曾写信给家里，说想要转到西洋画学科。

对一枝来说，《青鞜》就像是通往外部世界的窗口。她求婶婶订《青鞜》，然而婶婶像是忘了此事。她以为没有接到通知的人无法订阅，正在一筹莫展的时候，友人小林哥津告诉她，自己加入了《青鞜》会员，你也加入吧。她这才搞懂了会员订阅是怎么一回事，赶忙冲到书店，不巧的是书店卖完了，便和店家约定从下一期开始订。她给杂志社写去絮絮叨叨的长信，讲了这番经过。"我下个月终于能读到《青鞜》，成为一名女伙伴。这样我就算是加入了青鞜社吧？每个月订，就等于是入社吧？"写这封信的时候，她刚回到大阪的父母家，随信还附上了回信费。对平塚明来说，这是一封怪人的来信。此后每一期杂志出刊，一枝都写信谈论感想。署名变来变去，最后固定在"红吉"，那将是她在《青鞜》的笔名。

1912年，十九岁的一枝开始为《青鞜》写稿。她去采访了将《玩偶之家》搬上舞台的剧作家岛村抱月和女演员松井须磨子，也写了一些诗歌和随笔。身材高挑、穿男装的一枝有着画家落拓不羁的姿态，她几乎是在和平塚明见面的那一刻起就表现出超越友情的热情。平塚明也给出感情上的回应，称她为"我的少年"。

将会走入智惠子和一枝的生活的男性们此时又在做什么呢？雕塑家高村光云的长子高村光太郎经历了美国、英国和法国的游历，于1909年也就是他二十六岁那年回国。他参与了《白桦》创刊，翻译了罗丹的语录。对于将西方的艺术潮流引介到日本，"白桦派"功不可没，一大批有志于文学艺术的青年正是从《白桦》杂志及其办的一系列展览知道了凡·高和莫奈等人的作品。当时的一些展品不过是印刷品装框,即便如此,也给年轻人们带来新鲜的冲击。

光太郎虽然有艺术方面的视野和创造力,但他本身的生活是困顿的。他不肯走父亲铺好的道路,在神田开了日本最初的画廊"琅玕洞",陆续为画家们办展,由于经营不善,仅一年便陷入赤字。

1911年1月,智惠子读到刊于《昴》的高村光太郎的诗《根付之国》,深受打动。她听说光太郎将画廊转手后去北海道从事农业,再次失败,又回到东京。她一直想见一下这位创作者,便托朋友介绍,拜访了光太郎的画室。那是在1911年的年末,介绍人也带了由智惠子绘制封面的《青鞜》给光太郎。

通过《青鞜》,不善交际的智惠子有了一些与外部世界的交集。执笔群中,田村俊子是早已成名的女作家,她的小说主题常是男女爱憎,有时笔触大胆地跳到同性情感。俊子和智惠子很快成为出双入对的好友,俊子的若干则短篇小说与智惠子有关。智惠子留下的文字太少,关于她的心境,后人缺少推测的依据。也是透过俊子的笔，我们得以看到智惠子的轨迹，她拒绝了父母安排的婚约，几乎是义无反顾地走入了光太郎的生活。

富本宪吉生于奈良安堵村的地主家庭，在东京美术学校念建筑和室内装饰，自费留学英国。他回国是在1910年，彼时二十四岁。与伯纳德·李奇结识后，受其影响，他开始对陶艺产生兴趣。

在1912年的节点上，光太郎、宪吉、智惠子，各自都处在对艺术的摸索阶段。十九岁的红吉（一枝）已然跨入了画家的行列，她以屏风画《陶器》参加第十二次巽画会，获得三等奖。巽画会的评委有镝木清方等人，是日本画界相当正式的选评会。《朝日新闻》等报纸用"天才少女画家"称呼红吉，可见她当时的名声之盛。

平塚雷鸟当然不会浪费身边的创作者，提出让红吉为《青鞜》画封面，红吉拿不定主意，去拜访富本宪吉，商量该怎么画。这次见面，从宪吉的角度，是一见钟情；红吉的心思全在雷鸟身上，显得"不解风情"。最终由红吉绘制的封面《太阳与壶》，明显有宪吉的审美影响。

如果在不同的时代，或是不同的国家，红吉或许不会成为世间瞩目的焦点。她后来被媒体大肆攻击，主要因为两件事，"五色酒事件""吉原登楼事件"。1912年6月底，俊子的纸人偶和智惠子的绘团扇在此时已易主的琅玕洞办联展，红吉和同伴们去看展，归程路过餐厅兼酒吧"鸿之巢"，问店主是否愿意在《青鞜》登广告。店主痛快地答应了，请她们喝鸡尾酒。按一贯的习惯，红吉洋洋洒洒地写了对五色酒的感想。这件事如果放在现在，简直不值一提，在当时则立即成了媒体攻击的对象。至于"吉原登楼事件"，起因是叔叔竹坡出于让画家坏子多历练的心情，花钱请红吉和伙伴们去吉原吃喝了一回，有艺伎作陪。五色酒之后是吉原，无异于捅了媒体的马蜂窝。《青鞜》内部对此也产生了意见分歧，保持研在编辑后记中写道："听说你们三个去了吉原。你们可真是毅然做了残酷的游戏啊。"在吉原，女性是消费品，可以说，对红吉此举带有的剥削性，保持研做出了正直的回应。仍然是保持研，在红吉后来罹患肺病到茅之崎的医院疗养时，尽心尽力地加以照护。因此，虽然年龄只差那么几岁，红吉亲切地喊她"阿姨"。

"五色酒事件"与"吉原登楼事件"如同连锁反应，大小报刊开始写雷鸟和红吉的绯闻。此前《青鞜》毫无保留谈论个人情感的编辑后记，自然成了话柄。红吉退出《青鞜》，与这一连串的事不无关系，不过更要紧的原因是雷鸟遇到了她后来的丈夫奥村博史，如果再谈雷鸟的感情故事，未免太长，在此收住。

《青鞜》最终于1916年停刊，共发行五十二期。后期封面主要用了奥村博史的画，仅在前两年留下了智惠子和红吉的笔触。智惠子的两幅封面在多期出现，一幅女子侧影，一幅铃兰。红吉的封面也是两幅：太阳与壶（1912年4月号），亚当与夏娃（1913年1月号—11月号），后者绘于她退社后。相比之下，红吉的作品显然更有艺术性，更成熟。耐人寻味的是，她俩对绘画的态度截然不同。智惠子长期苦于创作，一直想成为画家。红吉在1913年再度入围巽画会，屏风画《枇杷》售价高达三百日元。她本质上是个文学青年，用这笔钱办了戏剧杂志《番红花》，该杂志只持续了六期。宪吉在美术方面给了《番红花》许多支持，1914年10月，俩人结婚。宪吉二十八岁，红吉，这时该叫作一枝，二十一岁。同一年，二十八岁的智惠子和三十一岁的光太郎结婚（没有入籍）。

艺术家伴侣之间究竟是相克还是相生？对此，每个人在婚姻中有其极为个人的或许不足为外人道的体验。作为在二十世纪初接受过高等教育、本身也是创作者的女性，一枝和智惠子本该有属于她们自己的道路，奇异的是，外放的一枝和内敛的智惠子，在婚后都扮演了某种绝对从属的角色。一枝是强悍的，她在日本侵略中国的那些年里保持着思想的独立，不仅没有像雷鸟等人那样陷入军国主义的狂潮，还因为捐款给共产党而被捕。她抚养了三个孩子，向他们倾注了大量的爱。此外，在她的身边，总是围绕着被她独特的光彩吸引的女性。战后，她以一种毅然的姿态和宪吉分居。宪吉以陶艺家的身份成了"人间国宝"，熟悉他和一枝的人都说，他的成功离不开一枝，曾经有多少次，他在开窑后让一枝看作品，只要她表示不满意，他就毫不留情地把那批陶器毁掉。

智惠子则在漫长的内耗中迎来了疯狂。父亲的死、娘家的破产、兄弟们的潦倒，和光太郎的生活的贫穷，一桩桩一件件对她的身体和神经造成了磨损。

她在四十六岁那年自杀未遂，其后开始出现精神分裂征兆。在疗养院的最后阶段，她留下了一千多件纸绘作品。1938年，她死于粟粒性结核，终年五十二岁。今天我们谈起智惠子，除了光太郎的诗，也绕不开那些有着奇异宁静氛围的纸绘。那是她内心压抑多年的创作欲最终找到的出口。

一枝的晚年并不富裕。她办童书出版，在商业上仍是失败的，此外还参与女性运动，为《美的生活手帖》（后来的《生活手帖》）写童话。1966年，她死于肝癌，终年七十三岁。临终前在报纸的专栏文章署名"红"，仿佛是名叫红吉的"少年"隔着遥远时光的回眸。她去世六年后，生活手帖社出版了她的童话集，《妈妈读给孩子听的故事》。不论过去多少年，人们说起她，仍绕不开"青鞜的女人"这一标签。她鲜烈的一生留下的烙印，仿佛更多地浓缩在十九岁那年。

我们生活在一个"人人皆可表达"的年代，有电子产品作为辅助，甚至可以摆脱画画必需的桎梏：光线和空间。曾经，画画是奢侈的，你需要大块的完整白天，还需要可以摊开纸笔颜料的一处地方。现在，只要打开iPad，随时随地，哪怕在旅途中，都可以画画。我庆幸自己是个现代人，哪怕笔法幼稚，也可以用线条和色彩作为文字之外的情绪表达，同时我忍不住为那些曾经出色却终于湮没在时间中的女性感到惆怅，她们本该留下更多的痕迹。

说到底，笔，无论是用于写作还是作画，既轻又重，因为当执笔者是女性时，那上面往往还承载着生活的重量。

二十一位90后女作家的同题回答

过去的五年来，中国文坛崛起了一批新的女作家，尤其是90后写作者，她们之中有宝珀理想国文学奖得主、"《钟山》之星"文学奖年度青年佳作奖得主，也有入选王蒙青年作家支持计划的写作者，还有几位女作家的作品在包括《收获》年度排行榜在内的诸多排行榜上受到关注。这批新锐青年女作家深受文坛瞩目，代表了中国文坛的新生力量。2023年10月，针对2018年以来成长起来的90后青年女作家，我们进行了一次问卷调查，与她们进行了一场有关生活、阅读、创作的同题对话。通过这一对话，我们对于这二十一张文坛新鲜面孔有了总体认识，也得以了解这些青年女作家的阅读与创作兴趣。我提出的问题是：

1.在这五年的时间里，请问您的阅读和创作生活发生改变了吗?

2.社会文化语境对女性问题越来越关注,这对您的创作是否有过触动?在阅读及写作过程中,哪件与女性问题有关的事情是您印象最深刻的?您会特别注意女性形象的塑造吗?

这二十一位90后女作家分别是丁颜、三三、王苏辛、王侃瑜、叶昕昀、杜梨、李嘉茵、杨知寒、阿依努尔·吐马尔别克、陈各、武茳虹、庞羽、胡诗杨、修新羽、栗鹿、顾拜妮、曹译、渡澜、焦典、程舒颖、蒋在。(按照姓氏笔画排列)

当然,我也要特别提及,作为问卷调查的第一个读者,在展读诸位青年女作家的回答时,我非常感慨,尤其是看到她们对于近年来对女性问题的理解和认识时,我在内心常常与她们对话——这些回答直接、坦率,有着新一代青年写作者的朝气与态度,是属于女性文学的"春之光"。

——张莉

1.在这五年的时间里,请问您的阅读和创作生活发生改变了吗?

丁颜

有,成长就是一个不断发生改变的过程。阅读习惯一直没怎么变,但人是容易被新的东西吸引的,阅读的选择早发生了改变。以前闲时阅读随心所欲,到学校时阅读的重点只能放在与专业课有关的书上面,没有太多时间做太多选择。近几年创作小说,在杂志或别处了解到之前几乎一无所知的作家或者写作方式,会搜索回来阅读,一直阅读一直受影响,并不仅仅是对于写的影响,还有从不同维度看世界的方式、思考的方式,甚至生活的方式。

三三

阅读发生了一部分变化,主要集中于两个层面。

一是出版时间层面,过去,我的阅读没有时间观念。兴之所至,翻开任何一本想读的书。而那些作品,往往都是经典,在很早以前就已被出版。近年,我会浏览各种榜单、推荐,关注最新出版的书籍,从中选取感兴趣的来阅读。在我豆瓣最近读过的十本书里,有六本是一年内出版的。

二是就性别观念而言,我在阅读时有了"女性写作"的观念。我并不会把所阅读的文学作品分为"男性写作"与"女性写作",这个虚设的分类是全然不正确的。但是,我会察觉到某一本作品似乎具有女性写作的特征——补充一句,并不是说女性作者写的作品,就一定会具有女性写作特征。

综合上述两个层面,我在豆瓣最近读过的十本书里,既有一年内的新书,又有关于女性主义的作品,如德博拉·利维三部曲(自传体小说,我把它们算作一本,分别是《我不想知道的事:论女性写作》《生活的代价:论女性与家庭生活》《自己的房子:论女性与私人财产》),孔慧怡《五四婚姻》,上野千鹤子《始于极限:女性主义往复书简》。

在性别观念上,相比阅读,我自己创作的变化反而比较小。至少,我并没有因为观念的清晰化,而在写作题材上刻意倾向于去书写女性。多年前,我曾说对"被时代进步所抛弃的人"感兴趣,如今,依然不拘泥于性别。但有意思的是,我发现,自己更擅长书写的还是女性。我想,我还需要一些时间去思考这个问题。

王苏辛

阅读上有所转变,从不太关注新书到渐渐关注新书。尤其是比较有开放性思维的新书,从中学习目前讨论度比较高的议题。生活上没有发生非常明显的改变。

王侃瑜

这五年来,我的阅读和创作生活发生了很大改变。五年前的阅读可能更多关注同代人的写作,无论是纯文学作品还是科幻作品,会想看看其他人在写什么,想找到一条适合自己的路。那时候刚模糊找到了一个方向,从比较青涩的阶段走出来,摸索到科幻与纯文学之间大概要怎么平衡,作品主角也开始从少女转向比较成熟的女性。五年来,无论是大环境还是我的个人生活都经历了很多变化,如今的阅读主要集中在中国女性科幻作家和性别、生态议题相关的作品上,因为我的博士研究关注中国科幻中的性别与环境，想要重点研究女性创作者。创作方面，现在写作的视野会更宽广，除了之前就比较关注的科技在近年来对于人类生活和情感的影响以外，还会有一个序列着重关注女性处境，另外有一个序列采用非人类中心视角，关注生态议题和多物种共存。

叶昕昀

发生了蛮大的改变。我刚好是从2018年开始进行小说写作的，当时是为了考北师大的文学创作专业，在复试的前两个月赶了七八万字的东西。五年时间，我的创作渐渐成形，可以被真正地称为小说。但直到今年，我才觉得创作可以成为我生活中的一个部分。我觉得这是一个走向自觉的过程。小说创作是一件偶然进入我生命中的事情，在这之前，我很少阅读，从未想过写作。进入北师大创作专业，最初只是为了逃离不喜欢的工作而寻找的一个缓冲带，但这段平静的逃离时光真正让我从前偶发而散漫的阅读变得自觉，在我渐渐成形的阅读谱系里，我知道了好的小说是什么样的，知道了小说发展到如今形成了怎样的面目，也知道了自己所期待的小说应该具备怎样的品格。就好像在前几年，我还很喜欢麦克尤恩的小说，但现在已经完全不喜欢了，不断阅读使我看到了麦克尤恩走入狭窄的写作，而与此同时，我清楚地看到了那些我钟爱的作家如何将小说变得无限而宽阔。在这些阅读中我明白，小说和生命一样，都要在有限的篇幅内走向宽阔，而非陷入狭窄。这个小小的例子可以总结这五年的时间里我的阅读所发生的改变。也正是这些阅读的积累，让我对自己的小说创作产生了思考，从前那种偶发的灵感捕捉式的写作已经不再使我感到满足。刚开始写小说的时候，我认为一个好看的故事就足够了，但后来我意识到，小说不仅仅只是故事而已。在故事延伸开的方向，应当意识到米兰·昆德拉指出的"那后面的某地方"："如果诗人不是去寻找隐藏在'那后面的某地方'的'诗'，而是事先运用某个众所皆知的真理，如此，诗人就是放弃了诗自身的使命。"当我真正意识到这些的时候，我才认为我的创作走向了自觉，也正是这个时候，我才觉得写作开始成为我生活中一个重要的部分。

杜梨

阅读的拓宽面涉及文学理论、文学史、重量级非虚构作品、鸟类学、动物观察、鸟的感官和行为研究、中外古今的动物图鉴、古建的历史和志书等。涉及作家的阅读,喜欢收藏中意作家的全集,然后再整体读一遍,看看对方最想表达的是什么,对她或他有整体的把握。

创作生活从小说转向写非虚构和散文多一些,因工作非常忙碌,写小说几乎没有,还是要好好想如何写好小说。

李嘉茵

2018年,我刚读硕士。五年以来,有越来越多的女性主义书籍和女性文学作品被译介、传播和讨论。上野千鹤子、"那不勒斯四部曲"、"#Metoo"运动等引发的社会热议,由远及近,如浪潮般奔涌过来。

2022年寒假,我回到三线小城的家乡,路过一家位于中学后巷的微型书店,走进去发现书架中心位置陈列着一些女性主义书籍。在这个三线小城普通中学的狭窄后巷,在各类教辅书籍的层层围拢之中,看到上野千鹤子、西蒙娜·德·波伏瓦、朱迪斯·巴特勒等人的名字光芒熠熠，这让我多少有些惊讶，随后意识到，女性主义似乎已真正从一种观念和思想层面的表达，经过内化形式，变成了一种触手可及的日常行为，逐渐缓慢而深入地渗透进了生活的毛细血管中。经过长途跋涉，"女性主义"终于从"远方"来到了"附近"。

杨知寒

发生了很大的变化。五年前我发表第一篇小说，五年按部就班走下去，收获和失去并行不悖，感觉自己在创作上，不是越来越明确想要什么，只明确了不想要什么。创作没找到稳定的态势，创作生活找到了，就是平静、寡淡的一种。阅读上的兴趣也有变化。现在爱看些扎实的东西，故事要稳健，也一定要有故事，不然我会溜号，注意力没过去集中了。

阿依努尔·吐马尔别克

五年间，首先是我的生活发生了许多变化——成为妈妈、结束了婚姻、考取了北京师范大学与鲁迅文学院联办研究生班、转岗去做了职业编辑。

创作生活当然发生了许多变化。我开始认真创作，要求自己每年完成十几万字的作品，并投给国内比较重要的刊物。除了发表散文、小说，我也创作了长篇非虚构作品《单身母亲日记》。从2021年夏天动笔，断断续续写到了今天，文中涉及的时间跨度则是2018年5月到如今，所以也算是这五年创作生活的重要组成。

回想这五年的创作生活，最大的变化是我结束了婚姻生活，开始拥有真正属于自己的思考和写作时间。

我想这可能是女性作家才会面对的创作变化，而男性在这方面的困扰应该比较少。我步入婚姻时二十三岁，刚刚发表了处女作，我当时并不知道婚姻会彻底改变一个女性的命运和生活，也不知道成为真正的作家需要付出的大量心血和时间。

现在回想，如果我没有因为种种原因结束婚姻，就几乎不会成为一个能写出像样作品的女作家了——因为写出好的作品需要大量的阅读、思考、写作和修改，所以时间、精力和心情必不可少。当我看到近年来70后的女性作家写出了好的长篇时,常常在想,也许即使是早已成名的她们也需要在子女长大、完成家庭责任之后才可以从容地动笔写长篇吧?伍尔夫说的是对的,女作家需要一间自己的房间,但这并不容易,很多问题是隐性的。

当然,步入婚姻、生育女儿,对我的写作也产生了巨大的正面影响。这五年里,我的人生经历大大丰富,对生活的理解也更深入了,所以我是很客观地一分为二地看待这段人生经历。我想,如果我一直保持独身,应该不会有这样大的成长。所以我认为,这也是女性作家创作生活的另一面——女性作家步入婚姻可能缺少了写作的时间,生活的经验和对生活的观察却增加了。

陈各

我的阅读和创作发生了非常巨大的变化。现在,我会首选女性作家书写女性主人公的小说来阅读,直至五年前的长久以来,我阅读了太多的男性作品、熟悉太多丰富多彩的男性人物形象、了解太多复杂精微的男性心理,但是对女性人物、女性心理却非常陌生。某种程度上,由女性作家书写的女性人物、剖析的女性心理在男性掌控的文学世界中就是先锋作品。小说之外,我会阅读女性学者的论著,学习女性批评家重新看待作品、社会的方式。我还会主动地阅读、学习女权主义的理论书,像上野千鹤子的《父权制与资本主义》、芮塔·菲尔斯基的《现代性的性别》、李银河编译的《酷儿理论》等,削尖自己的女性意识。在我自己的创作里,我会非常自觉地进行自查,对自己的作品进行女性主义批判,塑造真正的迷人的女性人物(而不是满足男性欲望的空洞的女性形象)。

武茳虹

五年前我的创作正处于起步阶段,这五年来的阅读和训练对我的创作产生了很大的影响,创作的倾向可能也产生了一些变化,会更加关注现实生活,阅读的过程中最令人欣喜的是发现了自己喜爱的作品或者作家,五年来老师们推荐了不少值得阅读的经典,对我的写作也产生了很大的帮助,课堂上提及的作品至今都有印象。在阅读方面最明显的改变可能是对短篇小说的阅读量明显加大了,而创作基本也在短篇这一领域,短篇小说考验作者的逻辑思维能力和写作技艺,也更适合反复阅读,所以这方面的感受比较鲜明。

庞羽

在这五年里,我完成了恋爱、结婚、生子这几件比较大的事。阅读方式,我依然按照古老的方法,边阅读边做摘抄与笔记,书读一遍,我们不过是和它打了个照面,做摘抄与笔记,其实是在和这本书深入交流,我有了对这本书内容的了解,而书唤醒了我内在的一部分,即使我暂时忘记了,在后来的某个时刻某个场景,会想起这本书的某个段落,其实写的是自己。有很多人不太理解我,说女作家应该是前卫先锋的,乖乖结婚生子太不潮流了。我也很钦佩前卫的女作家,她们用更多的时间与精力做自己,而我觉得我是一个胆小的人,在小说中,我不敢让人物说我想说的话,也不敢让他们走我想让他们走的路,我就躲在电线杆后面,看他们行走,说话。在生活中,我也不是追赶潮流的人,电脑用来写字,手机用来通信,我和这个世界相处的方式,就是升起一堆篝火,天晚了，我们坐着讲故事，篝火照亮了彼此，我们沉默着不说话，其实什么都说了。我就用这笨拙的方式编织自己的故事，而我结婚生子，是为了安顿我的生活。我走在街道上，看到一个感兴趣的人物，我都会跟着他走上两步，看看那些人物是怎么生活的。我很怕我走丢了。我的家庭像风筝线一样拴着我，哪天我没了，他们还能顺藤把我揪回来。我的孩子的出生，让我感觉生活落了地，也给了我更广的看待世界的角度。可能年轻时，我会用比较道德化的角度观察别人，现在看到以前觉得可恶的人，想起他们也曾是个婴儿，在妈妈的怀里吃奶，我自己身上那些年轻的锋芒柔软起来，他们学走路，学吃饭，学唱歌，无论人们怎样千差万别，我都能有点理解他们了。我想做那种不对自己动情的作家，这样能让我更好地体察他人。

胡诗杨

五年前我刚刚读本科，应当说从本科到硕士的这五年间，每一年都在发生着巨大的变化，自我在时时更新，时时成长。

阅读与创作生活固然是由个人趣味主导的，但也离不开社会阅读潮流的影响。我有去书店自习的习惯，最近几年我发现几乎每家书店都开辟了一个新的柜台，专门用于摆放"她"主题的书籍，有理论也有小说。上野千鹤子的书掀起了一波外国女性主义书籍的热潮，波伏瓦和伍尔夫两位先驱的经典也重新回到了人们的视野中。而华语小说这五年里绕不开的就是林奕含的《房思琪的初恋乐园》，这几乎成了身边朋友人手一本的必读书，在林奕含的忌日，我的朋友圈里满是相关纪念文章。"房思琪"如今也已经成了一个代名词。可以说，在公共的话语空间里，女性出版物越来越丰富，不管是女性主义理论还是女性意识鲜明的小说，都越来越走近普通读者的生活。

我的知识结构基本是在本科时期建立起来的，戴锦华老师的《浮出历史地表》和女性主义电影课程是我最早的女性主义启蒙。读研究生以后，我对中国女性文学的研究、批评和创作现状有了更自觉、更系统的认识。我先清扫了一遍知识盲区，补看了一些经典文学作品，周晓枫的散文《你的身体是个仙境》令我震惊，刷新了我对写作的理解。在"扫盲"之外，我也开始接触最新锐的一批女作家和作品，我自2022年以来有幸成了"持微火者·女性文学好书榜"书评团的一员，阅读了张怡微、朱婧、辽京、杨知寒等80后、90后女作家的小说。于我个人而言，我从前阅读的大多都是男作家的文学作品，过去这些作品形塑了我的审美观念，但这五年来我阅读的女性文学作品越来越多，新的阅读会塑造新的审美，这也作用于创作，使得我在创作中也更注意女性叙事声音、女性人物心理。

修新羽

我从学校毕业后，在杂志社工作了两年多，又在互联网公司工作了一年多；谈了第一场恋爱，走入了婚姻。总体而言，是"身份转换"的过程，苦恼有不少，对付苦恼的经验也在快速积累，这些变化自然反映在了作品里。五年前相对偏爱离奇的、高烈度的情节，如今更喜欢从日常生活中寻找幽微瞬间，从乱糟糟的棉线中寻找一根针。

栗鹿

五年前,也就是2018年,我的孩子刚满一岁,那个时候我大概已经一年半没有工作了,时常感觉到沮丧、疲倦,日复一日的育儿对我来说是一个自我切割的过程,切割时间、空间、精力,当然还有肉体,生产和哺乳的过程对肉体伤害是很大的。那个时候时常觉得,"自我"被挤压得很小很小,好像孩子的哭声,把自己的心声全部掩埋掉了。我恰恰是那个时候开始写作的,写作帮助我重新弥合自我。

我们常听到"没有成为母亲的女人是不完整的"这样的话。就我自己而言,正因为成为母亲,才使自己不完整。我的孕期反应很强烈,很不幸是那个传说中吐到生的人。我的身体在排斥,我的免疫系统在进行剧烈抵抗。生育过程也很危险,由于胎位不正,生产的时候孩子是臀位,羊水几乎流干,虽然最后孩子顺利出生,但我对生产这件事完全PTSD,不想也不可能再经历一次。生完小孩我的免疫系统出了问题,得了一种叫"乳糜泻"的病,不仅表现为腹痛腹泻,还伴随着严重的精神抑郁,这种情况在完全杜绝麸质摄入之后才得到改善。我觉得过去的我正在消失,就像科幻片里的瞬间传输身体到另一个星球,要经历一个扫描的过程,其实扫描的原理就是摧毁掉过去的那个躯体,然后把所有的个人信息上载到另一个躯体上。我觉得自己就是在经历这个过程,并且在上载中丢失了部分的自我。

这五年,我阅读了很多作家,大部分是女作家,其中有托卡尔丘克、埃莱娜·费兰特、厄休拉·勒古恩、艾丽丝·门罗、奥康纳等。我常常想到门罗和费兰特,想象她们的写作时自己也会获得一种勇气。不是相信未来会更好的勇气,而是直面生活不可能变得更好的勇气。人生是一个坠落的过程,如果你感受到无忧无虑的幸福,一定是有人替你承担了大部分的困难。就是从那个时候开始,我利用一切碎片的时间开始写作,我第一次感觉想抓住什么,大概是重组自我的迫切感,一种自救。写作没有治愈我,更像是在梳理病症,这个过程让我重新建立秩序感。

顾拜妮

这五年,相信大多数人的生活或多或少都发生了一些改变。我从一名老师变成编辑,接着又辞去出版公司的工作，重新回到校园成为一名学生。写作上更加关注女性，由一个性别意识不是很强的作者，变得越来越接纳并享受自己作为女性的存在。

曹译

五年前我刚接触文学，刚开始了解女性主义，那时还没有什么系统、清晰的性别意识，阅读更关注个人朴素感受。记忆深刻的一件事是和当时的导师聊陈忠实的《白鹿原》，导师是女性，也是女性文学研究者，但她很喜欢《白鹿原》。我当时觉得不解，和她说我小时候很喜欢《白鹿原》，几乎是欲罢不能，那段时间再读，却觉得作者不尊重女性，读着不适，不喜欢了。那会儿我导师沉默了，她只附和地问我是性别理念影响了阅读吗，此外就没再说话。她是这样的老师，持保留意见时也不执意改变学生。五年后的现在，当我更深入地体验、理解文学和女性主义，我仿佛明白了女性主义者也可以欣赏典型男性文学，欣赏《白鹿原》，其间自有种性别与文学之间的张力。导师当时的沉默或许教养了我，此刻，我以更包容、更复杂的眼光进行阅读，在书写现实的同时期待作品抵达远方。

焦典

很奇妙，我本来以为一切如常，只是按部就班地重复着阅读和写作的劳作，但真要回头看，却发现身后的轨迹确实已然变化。最为明显的是，从无意识地对女性文学和女性写作的亲近，变成了很明确地想去站在她们的身边，写她们的故事。如果之前还曾对"女性主义"一类的命名抱有保持客观，证明自己与其有距离的态度，现在我会非常坚定地点头，没错，我是一个女性主义者，我将永远站在这里。

但是，也许是我自己接触的信息并不全面，我会感觉到关于女性问题的讨论越来越趋向于保守、温和，我本以为那是一团无可遏制的火焰，但现在似乎更像是一盏电灯，也明亮，也动人，但不会灼伤自己或者他人。我不知道这是好还是坏，又或者这不是好坏所可以概括的。

程舒颖

发生了很大的变化。首先是我由武汉大学文学院毕业，硕士研究生阶段就读于北京师范大学文学与创作批评方向，在这个过程中，我的文学观与写作观发生了极大的变化。就创作方面而言，2022年10月，北师大国际写作中心和余华老师为我的小说《逃跑的人》举办改稿会，收获了包括张莉老师在内的许多老师们的鼓励和帮助。在今年5月，这篇小说与我的另一篇小说《追随》一起登上了《当代》杂志，两位老师为我的作品撰写了情真意切的评论，这对我的创作道路而言是莫大的激励。

在阅读方面，苏童老师的《夜间故事集》、约翰·契弗的短篇小说、艾丽丝·门罗的短篇小说、茱帕·拉希里的《不适之地》等，都对我造成了很大的影响。还有一个显著的改变是，我加入了张莉老师的"持微火者·女性文学好书榜"团队，还参与了两年的女性文学年选工作，因此对一些国内较为年轻的女作家比以前更为关注，例如文珍、张玲玲、杨知寒和大头马，从她们身上，我意识到了身为创作者的性别问题，向她们学习的过程之中，我对与我同性别的写作有了更加深刻的认知。

蒋在

这五年里，我经历了新的迁移，从国外回到了中国，阅读习惯也从英文改变成了中文。语境文化的不同以及随着年龄的增长思考和关注的题材也发生了位移。

2. 社会文化语境对女性问题越来越关注，这对您的创作是否有过触动？在阅读及写作过程中，哪件与女性问题有关的事情是您印象最深刻的？您会特别注意女性形象的塑造吗？

丁颜

没有。我生活在西北和青藏，以我周围的生活来看并没有，社会文化语境对女性的问题并不是越来越关注，反而在以一种极大娱乐化，或女性娱乐化在稀释女性问题，不是关注，不是解决，是稀释。将原来的女性问题故意忽略，然后在其上附加更严重的女性问题，不仅使女性的外在生活矛盾，心理承受也无比矛盾。在阅读的过程中……具体读什么我忘了，但对我的触发犹记得，明明是对女性的一种驯化和物化，但却写成女性的勤劳、高尚、忍耐。一种对女性从头至尾的规训，到头来连女性自己都觉得这是合理的，女性就该是这样的，从来没想过它的不合理和错误，没想过自己为什么要这样，人的生活不该是这样的，无论男人还是女人，无论怎样的生活，都应该是人的生活，而不是挤压变形的空闷罐子里的艰难与幽暗。我在创作中也常塑造这样那样的女性，但我从来都没有特别注意女性形象的塑造，我往往都是将其看作正常的人来进行塑造，我觉得自然的女性形象根本不需要特别塑造，女性形象女性天然自带，只要塑造好人的形象，女人便是女人，男人也便是男人，而所有的刻意的或特别注意的其实都是有所隐瞒的。

三三

有触动。去年年底，我完成了一篇叫《长河》的小说（发表于《江南》2023年第2期），该小说取材于劳荣枝案件。劳荣枝2019年底落网，随之被再度抛掷于公众视野中。公安、媒体、网友都试图复原她的生活，在知乎上，甚至有无名网友发布一张相貌酷似她的照片，声称与其做过性交易。在《长河》之前，我写过一篇叫《晚春》（发表于《人民文学》2021年第7期）的小说，灵感来源也是劳荣枝（但当时还未能完全处理劳荣枝的经历,虚构了一个无关的故事)。《长河》依然是一篇虚构量极多的作品,但更直接地指向了劳荣枝。

至于对女性形象的塑造,我现在比以前更注意。写作时,我还发现,性别是相对的。更理解女性,也会带来对男性的理解。

王苏辛

会自觉关注和关心女性作者的作品,也会关注海外国内一些讨论度较高的女性议题(但自己很少参与,因为我觉得这是很复杂,需要结合自身经验来塑形的东西)。对此,目前我其实也只写了一篇小说《传声筒》来进行回应。而其他作品更多是把一些女性具体生长的困境通过一些问题带出来。

身心成熟后,作为女性的内在敏感度会比年轻的时候更突出,观察上变得更加细腻、全面,对于女性群体中会出现的一些问题也会投射更多的自我意识进行思考,以及再教育。对我来说,印象最深刻的事件依然是"#Metoo"运动,我本人认为这件事的网络热度所导向的东西还是偏浅了些。而且说"不"本身只是反抗的方式之一，保持沉默的女性一样也应该得到尊重。又或者，正因为环境的复杂，际遇的不同，女性的沉默比女性的反抗更应该得到重视。这些沉默的意识才是大多数人的内心。强行让这种沉默被"不"所取代，未免过于理想化也过于让问题简单化。

80后女作家草白有一篇散文《耻》也许并不是因为对"#Metoo"运动思考而来的书写，但我从中反而看到很深刻的部分。文章中有两个主要线索：一个是女孩第一次去男友家，被男友的家庭，尤其是男友的母亲所审视的过程；另一条线索是女孩追溯自己的整个成长过程中被母亲以及母亲所代表的母系经验的审视过程。作者将这个被审视和自我审视的共同过程概括为"耻"的记忆，甚至这个记忆也塑造了女孩自己。这对我很有启发。因为这种"耻"对应的是女性生长过程中，她们无法直接反抗的东西——这些内敛，甚至已经内化成自我的东西，这些沉默的意识才是女性经验在书写过程中所遇到的更具体的难度。向社会说"不"其实是在向自己说"不"，而向自己说"不"其实是在向自己的记忆说"不"，向自己背后整个塑造出自己的精神源流说"不"。这些东西很复杂,很难用一个仪式性质的反抗来获得真正的面对、思考,它需要根据不同的人的性情来进行又一轮的审视,再次出发。

确立自己的边界需要更多的才华——这或许对女性作者来说更甚,需要纵深的东西不断给予自己滋养。强调开放姿态的同时,那些小心翼翼的人,那些小心翼翼的意识,反而才是更应该细细挖掘的"具体的人",才是写作的本源所在。

王侃瑜

有很大的触动,之前在我的创作中,一些性别相关的描写是不自觉,可能也不太完善,现在会更自觉关注并主动去写。印象深刻的是在2021年和2022年,相继有四套中国女性科幻(奇幻)作家选集出版,此前从未有过这样的选集,科幻选集中也经常是男性作者占到绝大多数的比例。这四套选集包括程婧波主编的《她:中国女性科幻作家经典作品集》上、下两卷,陈楸帆主编的《她科幻》一套四本,武甜静、桥本辉幸及大惠和实主编的《奔跑的红:中国女性科幻作家选集》,于晨和我主编的《春天来临的方式》,

这些书在相近的时间内分别开始策划,并以中文、日文、英文在一年内相继出版,很明显体现出大家对于女性科幻/她科幻的关注。这些选集中收录的很多都是旧稿,也会有读者指出作品不够"女性主义",但这个选集收录的动作本身就已经是在让更多人看到这些女性作家在这里,而她们的未来创作可能也会因为选集出版或者是当下的社会文化语境而改变。我现在的阅读和写作过程中会特别关注女性形象的塑造,可以看到以前的一些不足,也可以看到在科幻领域里,这也在一点点改进。

叶昕昀

我会特别注意女性形象的塑造。我觉得观念是构成小说一个很重要的部分,有时候我们读当下的小说,会觉得它很陈旧,或者读过去的一些小说会感到不适,这其中就有观念是否更新的问题。如果我们在现如今的小说里看到的女性形象仍旧是在从前父权规训里任劳任怨的贤妻,或者反方向为了迎合男性的幻想而塑造的妖化的女性,那我们一定会觉得它是陈旧的。同时,小说中的观念不总是现实观念亦步亦趋的反映，相反，文学或者文化里的观念有时是超前于现实的，那么，此时文学和文化的观念就可以引领社会现实的观念变化，这就是我觉得应该特别注意女性形象塑造的原因。在小说中我们塑造的女性形象，她的思考方式和生活方式或许如今还不能在现实生活中看到成形的例证，但当她出现在文学中的时候，会让读者意识到一种女性形象的引领，从而在而后现实的真正变化里，文学形象会有可能真正内化为社会的现实。因此我在塑造女性形象时（当然是无损于小说整体性的情况下），我总是要强调她们思考的真正独立性，弱化爱情话语在她们生活中的位置，因为在我期待的女性形象里，她会是真正完整的人格，这种人格不需要依靠任何外界，尤其是男性的价值评判，因为她本就是自然而完满的。

杜梨

平时我会看大量的新闻和特稿，关注女性、老人、儿童、边缘人群和动物的权益，会不断地去思考，应该怎样做。创作中比较关注，女性要付出加倍的努力才能将将达到结构性的平等，获得同等注视，更何谈胜利这一点。女性的事业、工作、恋爱、社交、婚姻和生育，这些都是很有趣的问题，但很难写好，很容易写得非常无趣或中年危机。我比较关注动物科普和救助领域，尤其是救助领域，在这个领域活跃着很多的领导者、基层工作者和一线救助者，起到复杂组织、整合和润滑作用的多是女性，而且都非常优秀、努力、有耐心和拼命，但是你会发现项目或组织的代言人多为男性，或者将男性的名字放在女性之前。在我看来，这些女性比男性更有活力、有耐心和动力，不好为人师，她们不会被刻板印象和既定偏见影响，与她们的沟通或看她们表达观点更符合女性大脑的感知和接受方式，是我更喜欢的类型。

在我的观察中，我发现女性在写作和阅读中，平均来说，得到的社会辐射化的负面评价和舆论打击会更多。人们潜意识中认为女性是弱者，下意识会想打压对方，他们或她们对女性的作品更为挑剔。只要女性人物（各行各业全覆盖）发声或发表作品，输出观点或表达自我，相较于同类型男士的发声或者作品，大众更容易对女性发表负面甚至于刻薄的评价。这是这些年令我最印象深刻的一点，女性仍然在这场战争中荷枪实弹地战斗。

人物形象的塑造都很难,每个角色,无论有机或无机,对作家来说,都很重要。在一些偏女性叙事的文本中,我会特别关注女性角色。

李嘉茵

社会文化语境对女性问题的关注,对我产生的首先是思想和意识层面的触动,之后才内化为行动(包括创作)来呈现,对我而言,创作的最初动力并不源于某种思想观念,而是一种具体的感受或情境。不过文化语境对女性问题的关注确实为创作提供了一面很好的镜子借以参照,有助于作者回望和审视自己创造的女性角色。

当阅读部分男性作家以女性视角所写的文学作品时,容易令我产生隔膜感。他们试图以女性口吻来诉说女性的悲欢与隐秘,逃离与挣扎,但时常在某处出现裂隙,对女性的想象开始退潮,袒露出粗粝而生涩的沙石质地。究其原因,我想,一方面,可能是文化观念与意识层面的问题,作者对异性角色的构想很大程度上仍停留在观念层面,容易在细微处产生误判；另一方面，作者可能对笔下人物缺乏更加深入的了解与把握。

比如，克莱尔·吉根是一位非常典型的女性主义作家，她笔下的女性角色鲜活立体，同时对男性角色的刻画也同样传神，在某种意义上，她正是借助着对男性角色（即传统父权社会的化身）的批判和嘲讽，才完成并确立了自身的女性写作立场。在短篇小说《走在蓝色的田野上》中，克莱尔·吉根写到了一个细节，神父为所爱的女人主持婚礼时，无意中在卫生间看到了新郎兄弟的阴茎，随后神父感到痛苦。这是一处非常男性视角的情节，并近乎带有一种嘲弄意味（这一点非常女性主义），而这种嘲弄也是建立在作者对男性角色深入把握的基础上。因此，无论是男性形象的塑造还是女性形象的塑造，对人物性格与内在心灵的勘探和洞察永远是第一位的。

杨知寒

有。也是一种心态上的变化，以前女性问题在我这儿没那么大的触动，虽然我是女性，有些问题也只能随年龄来深化和真正地面对。现在常会克制自己，别太激动，已经到这种程度了。激动解决不了问题，关注或许可以，把关注到的问题处理成小说，用更具体的方式呈现出来，或能唤醒更多先前如我这般的人。我发现小说里的女性更容易有光。我理解女性独有的脆弱，如果脆弱这个词我们可以接受的话，与之相对，是女性底色的坚韧，和为不为人母，或她是什么社会身份关系不大。我想写出这个时代里女性生活的一些时刻，比如独居、和父母以及子女的相处，比如在婚姻和恋爱关系中、在职场。故事写不尽的，观察永远不完全。因此不用特意塑造，她们比我希望她们在小说里表现得要精彩。

阿依努尔·吐马尔别克

社会文化语境对女性问题越来越关注，也对我的创作有所触动。

2018年，世界各地爆发了"#Metoo"运动，许多女性公开讲述了自己遭遇性侵的经历。此后，关于女性议题的网络环境和社会舆论发生了很大的转变。这股女性主义风潮也影响了中国。2020年，某演员因为强奸和淫乱罪入狱，国内的女性舆论环境也发生了很大的变化。这两件事情对我产生很大的触动,我很欣喜看到声名显赫的性侵犯者最终付出代价,也更关注到复杂的女性形象,比如那位演员案件中的女性。

在以往的作品中,我倾向于塑造比较正面的女性形象,一方面当然是对女性的欣赏和致意,另一方面也怕有污点的女性形象会让读者带入到我个人或者哈萨克族的女性(因为我的小说创作总是围绕哈萨克族的生活)。一个男性作家创造了包法利夫人或者安娜·卡列尼娜,会成为不朽的作家。而女作家塑造了这样的人物,却要面对额外的精神压力。随着年龄渐长,阅读视野和创作量的增加,我逐渐意识到需要塑造丰富驳杂的女性形象。我认为"#Metoo"运动之后,社会舆论稍有宽松,女性作家的创作处境也得到改善,创作更为丰富的女性角色面对的压力比过去小。当然,我现在意识到最重要的是,要成为勇敢的作家,无论什么时候都应该写自己真正想写的人物。

近三年来,我发表了非虚构作品《单身母亲日记》,引发了一些关注。有一些朋友会委婉地提醒我,不要写太负面的内容。每当这种时候,我都会苦笑,然后说,我没有写什么负面的内容,只是记录生活,而且我认为这才是真正的文学。在写作和发表《单身母亲日记》的过程中,我觉得自己逐渐变得舒展,看待问题能更深刻,也不会特意避讳以往创作中不涉及的内容。

陈各

我经常浏览微博、豆瓣、小红书中女性主义社群的交流,这些思考和表达已经融进了我的日常生活中。近年来,男性借助权力差骚扰、PUA以至于暴力强奸女性的新闻是让我最愤怒的,这种事情发生在所有领域,娱乐圈、商圈、高校圈,甚至博士对本科生、师兄对师妹,再微小的权力差居然都可以完成性别迫害,我非常希望能够将这些人的丑恶模样书写出来。我会给自己强制地自我要求,一定要书写不同年龄段的女性人物,构建复杂的女性人物关系,使之在艺术上成立,我希望我的小说能够贡献出留得下来的女性人物形象。

武茳虹

文学是关于人的一门艺术,与人的境遇相关的问题都或多或少会产生触动。写作过程中，塑造人物形象是最关键的部分，女性人物要写得饱满、生动、丰富是具有挑战性的，因此在阅读和写作中我也会关注前辈作家如何塑造女性，从名字到对话，再到衣着和语气这些细节都会留意。

庞羽

  我感觉，只要女性身体里出现了脐带这个东西，她和世界的连接就变多了。她是母亲、妻子、女儿、儿媳妇、女职工、地铁里满脸疲惫的中青年女人，就像坐标轴一样，曾经的yxz轴又多了abcd等轴。这需要一个女人的强大，需要剑锋从任意角度切入，她都能刀枪不入。我觉得这个时代最可喜的一点是，女性意识开始觉醒了。我周围的女孩说，我为什么要给别人留下什么好印象，我只要自己平安喜乐就行了。也许我们的长辈会说我们不懂事，而我为她们感到高兴。我们女性以前都太会打乒乓球了，你来一拍，我回一拍，你再来一拍，我再回一拍，可能一整个球场，她在同一个时间段，要给十八个人回球。这太累了。就让球落下。越来越多的女性萌生了这样的想法，我就是要绽放，我就是要张开怀抱，我就是在灯光下舞蹈，这是只活一次的人生，别人的想法是别人自己的事。我一直在留意这样的女性，一个母亲也可以飙车，一个女儿也可以登山，一个平凡的女性，也可以在无人的雪山上唱出自己的歌，小小的雪崩滚落下来。我是挺在意女性形象的塑造的，可以说，没有女性，可能就没有世界。母亲的子宫那么小，变成装着我们的房子，然后又空空地瘪下去，我看着她们，总有一种热泪盈眶的忧伤。我不知道一个母亲是怎么看待自己女儿出嫁的，再看女儿逐渐隆起的小腹，是不是有一点需要掩面的垂泪。而一个母亲，能支持女儿独身，畅快地去活一辈子，这个母亲也是值得敬佩的。女性的故事很多，我们作家能做的，只能是不让这些故事蒙尘。

胡诗杨

肯定有触动。我认为社会文化语境对女性问题的关注整体而言是好事，但也不应盲目乐观。需要厘清的是，人们关注的女性问题具体是什么？实际上是两个层面，其一是显在的社会新闻，这些新闻大多是负面的，有关于女性身体如何受伤害，比如强奸案，性骚扰，骇人听闻的韩国N号房事件，等等。其二是相对而言更隐形的，但也是更无孔不入的生活观念，比如职场里的性别歧视、家庭主妇的真实困境，这背后其实是许多人心中深深刻印的"男强女弱"的传统观念。不管是被媒体曝光出来的令人愤怒的新闻，还是生活中潜在的陈旧观念与保守思想，都是这个社会文化语境的一部分。不过，观念和思想往往更容易被人忽略，却恰恰是孕育出这些悲剧新闻的社会土壤。在愤怒情绪退潮之后，我们也许更应该反省的是表层事件之下深层的落后观念。

在阅读与写作中，让我印象深刻的女性问题其实有许多，我感触更深的可能是"词汇"方面的。比如杨笠在《脱口秀大会》上用的"普信男"一词、牟林翰和包丽案件中衍生出的"PUA"一词，现在已经自然而然地进入了人们的口头用语之中。在五年前，这些词语可能都不存在，或者很少有人清楚它们的意思，而今天这些词语的流行恰恰强化了人们对女性问题的关注。甚至原本作为学术用语的"男凝"，现在也已经成为人们批评一部影视剧的常用词，这是词语的"下沉",也是观念的"上升"。词语凝结了事件,一组新的词语背后是一场浩大的事件和对事件的共识,也蕴含着一种新的观念的传播,哪怕事件被人遗忘,词语依然能作为日常交际的必需品而留存下来。

我个人目前尚只是写作的学徒,在不多的几篇小说习作中,我会很注意女性形象的塑造。但也许在写作过程中不是自觉的,只是来源于我对于自我经验的反刍,以及对家族中女性亲戚的观察。

我想,社会对于女性问题的关注,让我们在重视女性形象塑造的同时,也警醒着所有创作者某一些女性形象是过时的、陈旧的,是不可再写的。换言之,女性文学不仅让我们有了"可写的自由",也给了我们"不写的自由"。新一代写作者笔下的女性形象应当是真实的、切肤的、有主体性的,她可以坚定自信,也可以困惑犹疑,但她始终是她自己的主人,听从于自己的灵魂。

修新羽

能感觉到最近女性问题的热度,比如,"性骚扰""重男轻女"等问题经常在大家的作品里出现,我们好像正通过不断讨论、不断呈现来建立一种新的对男女关系边界的共识。就我个人而言，这种热度鼓励我讲述出了很多原本觉得"不重要"的情绪。

印象最深的事情，我想到的是，有些作家喜欢保持匿名状态来创作，比如小詹姆斯·提普垂和埃莱娜·费兰特。而读者和评论家则会很积极地推测出这些神秘作者的身份，或者退一步来说，至少也要从文本的蛛丝马迹中推测出作者的性别。当年很多人信誓旦旦地认为小詹姆斯·提普垂是男性，夸其作品"洋溢着阳刚之气，像海明威一样，有一种挡不住的男子气概"，事实证明他们错了。所以我觉得，我们大概率无法（也不太有必要）通过文本自身来判断作者的生理性别。

写作中没有特别注意对女性的塑造。但因为比较理解女性的处境，写女性时往往会多一点儿宽容（在"宽容"与"温柔"之间摇摆了片刻，最终觉得说"宽容"更合适些）。

栗鹿

我非常关注女性问题及公共语境中的性别议题，

有时候还会跟踪一些热点话题，"#Metoo"运动影响巨大，在我的长篇里，就写过一个被性侵的女孩，但因为种种"不可言说"，女孩受到的伤害，被整个家族忽略或者说是掩盖了，最终的结局是走向沉默和消失。我想这个女孩是所有沉默女孩的一个化身，也想借这个悲剧，用"沉默"去试着发声。

男性作者的笔下女性，有时更像是符号和工具人，很难读到特别立体的女性人物形象（不过多赘述）。但在我的阅读经历中，《红楼梦》这部作品比较特别，因为从小到大反复阅读，每次读都有不一样的体味。随着我的成长，阅读的感受和对人物的理解也发生了变化，以前爱读女儿家的漂亮、热闹，现在更多的是读到了她们复杂的那一面。就林黛玉这个人物而言，人们对她的评价总是停留在一些刻板印象上，而她前后的成长过程往往被人忽略。再读《红楼梦》会发现，湘云爱逗黛玉，说唱戏的龄官长得像她，黛玉生气了，所以有很多读者觉得她爱耍小性子。但其实结合当时的环境，贵府千金开这样的玩笑，确实是冒犯了，黛玉生气无可厚非，更像是在维护自己的尊严，并没有大错，最多不过是任性了，没有那么成熟而周到。到了后期，又有人挑唆林黛玉和薛宝琴，那时的黛玉已经经历了很多，她非但没有生气，反而打心底里喜欢、欣赏宝琴，我觉得这个女性成长的过程是很珍贵的，是不能被忽略的。在当下的写作中，我也会比较注重笔下女性人物的复杂性、多面性。写女性，不只要写她的爱与美，也要写她们的不爱和不美。写母亲，不只写爱与无私，更要写她们的脆弱和逃离。写生育，就要写最隐秘、惨痛、真实的部分。这是我对自己的要求。

顾拜妮

三个北大学生与上野千鹤子的对谈，当时舆论还挺热闹，上野老师面对人生的态度和方式令我印象深刻。最新写的几篇小说都是关于都市女性，比较在意女性人物的塑造，比如《绿光》里的罗飒，《尼格瑞尔》里的贺佳莹、卡丽，在我看来，她们的形象还算鲜明，每个人的性格爱好都很不同。

曹译

关注女性问题的社会文化语境给我提供了丰富

的信息。我在这些信息中思考女性处境，形成性别意识，并渐渐了解作为女性的自我。但越是了解，我越感到困惑和焦虑。我发现了信息和现实生活之间的张力，于是有冲动写下。同时我也觉得，"奥斯维辛之后"的此刻，写作直面着炮火、疫病、互联网和荒诞的速度世界，它变得紧迫，已不会是一派祥和。它是话语，而我也应该构成话语本身。而女性话语是其中紧迫的一环，也与我息息相关，我觉得我需要书写它。

写作过程中有关女性问题最印象深刻的事情和写作焦虑有关。研究需要，我了解了一些女性主义叙事学的内容，注意到女性在写作中争夺叙述声音的问题。那时我忽然意识到，我写的小说大部分使用了男性或中性的叙述腔调。我感到沮丧，于是试着写了一篇以女性为主要叙述人的小说，但写完后仍觉得难过。因为在那篇小说里，我本该写人物，却几乎在写自己。因为想要表达的有关女性的想法太多，我的故事显得拥挤、拧巴，读来没有轻松之感。这让我很遗憾，想通过持续、有意识的写作去解决这个问题。

也是从那以后，我开始有意识在小说中注意女性形象的塑造。关于这一点,我对自己基本的要求是不写已成定式的女性形象和她们的表现,而写未知与发现。

渡澜

是的,很有触动。我尝试过书写女性问题,但笔力有限,造成了文章的倾斜,美感的流失,因此吸取了教训;作为一名写作者,我也不断尝试着转变思维,实验新的写法。关于女性形象的塑造问题,我的确非常关注,并期望自己可以塑造出更加立体丰满的角色,也期望看到更多更优秀的女性形象。

焦典

我必须承认,是关于女性的书籍、课程,包括社会文化语境中对于女性的讨论,打开了我"女性视角"的这一只眼,让我看到一些女性的隐痛,不在明面上的,不是一定血淋淋的,而是所有人都觉得你挺好时,你自己内心的那一个问号。这些问号的产生需要一些环境,就像河边的野草,它当然也会自己冒出头来,但是,是不断拍打的河水、连绵的梅雨,包括夜晚河边隐秘的私语让它繁茂生长，让它燎原，让它接天，让它不可能再被忽略和割除。所以我非常感谢所有在发声的人，声音会汇聚成浪潮，而这潮汐声会不断提醒我，一切还尚未完成。

　　这种触动不仅仅是创作上的，在实际生活的层面，它也帮助了我，去认识更多，思考更多，争取更多，也和解更多。我的妈妈是一位非典型意义上的"好母亲"，直到今天，她依旧对做饭、洗衣等等家务活一窍不通，她贪玩，责任感也不强……（为了不惹我亲爱的老妈生气，这里就不再详细举例了）周围人都说她不好，我自己也时常觉得委屈，在淋雨回家，把潮湿的校服挂在窗台滴滴答答地摆动时；在漫长的夜晚，独自用耳朵数着街上飞驰而过的汽车时；在大家都唱"世上只有妈妈好"的小时候，我唱的是"世上只有奶奶好""只有爷爷好""只有爸爸好""只有姐姐好"时……"妈妈"那两个字如同生锈的报时小鸟，是如此难以开口。但在经过了更多的对女性的思考后，在很多年后的今天，我突然想问我自己，可是她只能是我的"母亲"吗？可是"母亲"一定有一个保证出厂时整齐划一的模子吗？我那喜爱穿黑色裙子带我在河滨路散步的母亲，我那午夜十二点在出租车上流泪的母亲，我那在家庭败落前夕，一无所有的时刻，沉默着抽了一支香烟，然后就能沉沉睡去的母亲……很奇怪，我在之后漫长的成长中，遇到于当时的我而言似乎难以逾越的困难和痛苦时，那些课本里的爱的教育，那些名人坚韧不拔的励志故事，都黯淡无光，我想起的还是我的母亲，那支沉默着把所有巨大的事物都燃烧殆尽，然后平静地躺在玻璃烟灰缸里的香烟。

印象深刻的事有很多，分享一个最近的吧。我的第一个短篇小说集《孔雀菩提》最近出版，在新经典写的上市推文中，编辑放了一张照片，是一个奔跑的苗族女孩，下面用三行小字写着"苗族女孩大多小学五六年级订婚，她们的心愿很简单，下个月别被嫁掉，读书到初中毕业。摄于2022年"。其实小说集里并没有关于苗族女孩或者受教育问题的篇目，我还在愣神的时候，一位并不算经常联系的老师突然发来微信，询问我关于照片的事。2022年，她惊讶于在2022年这样的事情还在发生，我们聊了很多，关于云南的大山，关于张桂梅老师，还有那一件件特意做成粉色带花的棉衣,最终还是穿在了女孩们的哥哥和弟弟身上。和老师结束聊天后,我去询问了编辑,她说这张照片来自于她的一位在云贵地区支教的朋友,随即她发来更多的照片,上面有女孩写她十四岁"被结婚"逃跑的故事,有女孩写在村民的指指点点下依旧想要读书,不愿意做井里之蛙的志气……我知道,我一定要去那里,如果说我接下来还要写点什么,那一定会是她们。之后,我们一起给那位朋友寄了书,扉页上写"世界广阔,我们勇敢"。

我们并没有相约一起去做点什么,但我知道我们都将做下去,朝着某种不言而明的目标。这种共同震荡的感觉很好,正如之后编辑在文章中写的"那只是一个普通的工作日,我在地铁的人群里刷着手机。但那一瞬间,我感到不同境遇、不同经历的女性的生命,在深处联结在了一起:在大城市漂泊的写作者和编辑,为'她们'奔走的朋友,高原上想逃婚的女孩子们……"。我们,我们或许真的微不足道,但我们这样几条小鱼,在浩渺的海洋里,仅凭这样一点火光辨认了彼此,并将一起朝更深处游去,仅仅只需要这样一点火光而已。

在最开始写作的时候,我并没有有意识地想去刻意塑造些什么。但很神奇的是,最终呈现出来的结果就是,几乎所有的作品都在围绕着女性展开,女性是落脚点,也是压舱石。这与我天然的性别立场有关,也许与我潜意识里的某些观念也有关。我始终觉得,在面临真正的艰难时刻时,女性反而是更为坚韧的。我们老家还有一句话,也许这里说出来会惹得男性们不高兴,"只要母亲在,家就在,要是母亲走了,一个家就散了"。

我非常想要去写出更多的女性,更想通过写作去改变某些东西。我其实不太看得清,阻挡在我们面前的究竟是什么,但是没关系,反正生命也是这样摸着石头过河。

程舒颖

我认为社会文化语境对女性问题的关注,对我创作的影响是十分间接性的。对于我个人而言,诚恳来说,更多的是受到张莉老师的教育和影响,这对我在女性问题和女性身份上的认知改变更大。在我本科乃至之前的阶段,我其实并不能切身地体会到女性的处境，只是从社会新闻或者平权运动的角度去看待女性问题，并没有引渡到自我身上。但是在研究生阶段之后，我会越来越关注身边的女性，尤其是我的母亲、外婆和小姨。我是从她们身上，而不是外在的社会新闻上，去分析、判断并习得一些珍贵的、我自己对女性问题的理解，并有了迫切想要融入创作之中的欲望。

我印象最深刻的，可能也由于是新近的一次经验，是我在韩国梨花女子大学的交换学期期间所修读的一门英语文学课。有一次课我们学习的是"the carpe diem poem"，翻译过来是"及时行乐诗"，主要是男性诗人对于女性，特别是一些贵族小姐的求爱。比如其中有 *To His Coy Mistress*（《致羞怯的情人》），是一首文学史上特别经典的英文诗，诗人对爱情的塑造，用无限拉长的时间，和无数神圣的事物作比，读起来优美而感情澎湃。但是在课堂的讨论和作业中，许多同学并不赞同这种写作方式，认为男性并不是爱那个女性自身，而只是想满足自己的欲望，或者赞美其实是自我的映射，其间产生了十分激烈的讨论。我们对于作品中情感是否真挚究竟如何判断？女性问题会不会折损作品的经典性？应不应该因为落后于当今时代的价值观问题，而把一些过去的作品否决？我想这些都会是我一直思考的问题。

我承认我并不会特别注意女性形象的塑造，因为我自己就是女性。如果我以第一人称写作，而且并不是不可靠叙事，就是我自身的感受，我相信我的视角就是女性的视角，所以笔下女性形象也更有把握，这与生俱来。相反，我反而会在一些以男性第一视角写作，或者书写男性形象的时候游移不定，要付出许多的精力去揣度是否合理，觉得自己对另一种性别知之甚少。因此我特别佩服能将异性心理和形象写得特别出色、特别有信服力的作家，在我看来，毕飞宇老师在这一点上就做得非常好。

蒋在

在之前的创作中，我并未有意识地侧重过女性题材的书写。但是反观自我的创作，女性的困境和她们面对生活中细枝末节的缠绕时的韧劲是所有小说里一个不可磨灭的特征。不久前读了门罗的一篇小说，《多维的世界》，门罗将女性无声的呐喊和被分裂的世界逼到角落里的疯癫展现得淋漓尽致。在她和丈夫的通信中,一句"天堂存在",让她回归了她渴望已久的精神家园——母性、包裹和爱。我更容易留意到阅读过程中女性形象的塑造。

二十一位90后女作家简介

（按照姓氏笔画排列）

1990年生于甘肃临潭。在《花城》《大家》等刊物发表中短篇小说。《有粮之家》入选2019年度收获文学排行榜，荣获《北京文学》2019年度优秀作品奖、第二届"《钟山》之星"文学奖年度青年佳作奖。著有小说集《雪山之恋》。

丁颜

1991年出生，毕业于中国人民大学创造性写作专业。曾获"《钟山》之星"文学奖年度青年佳作奖、郁达夫小说奖等奖项。入围收获排行榜，入选王蒙青年作家支持计划·年度特选作家等。著有小说集《晚春》《山顶上是海》。

三三

王苏辛

1991年生于河南。曾获"《钟山》之星"文学奖年度青年作家奖、"西湖·中国新锐文学奖"、"紫金·人民文学之星"短篇小说佳作奖等。出版有小说集《象人渡》《再见，星群》，长篇小说《他们不是虹城人》。

王侃瑜

1990年出生，毕业于复旦大学创意写作专业，专注科幻小说创作，多次荣获全球华语科幻星云奖。小说见于《收获》《上海文学》《花城》《小说界》《科幻世界》等，著有中短篇小说集《云雾2.2》《海鲜饭店》。

1992年出生，云南曲靖人，北京师范大学文学创作方向博士研究生在读。小说和评论发表于《收获》《作家》《文艺报》等刊。小说《孔雀》入选2021年收获文学榜短篇小说榜。著有小说集《最小的海》。

叶昕昀

生于1992年，北京人，英文硕士。作品见《人民文学》《花城·2021年长篇专号春夏卷》等，获香港青年文学奖、澎湃·镜相非虚构奖、"《钟山》之星"文学奖。著有散文集《春祺夏安》，长篇小说《孤山骑士》。

杜梨

李嘉茵

生于1996年,山东泰安人,江苏省签约作家,北京师范大学文学创作方向博士研究生在读。作品见于《收获》《天涯》《小说界》等刊,曾获第四届"《钟山》之星"文学奖年度青年佳作奖。

杨知寒

1994年生于黑龙江齐齐哈尔,作品见于《人民文学》《当代》《花城》等,获宝珀理想国文学奖、华语青年作家奖、"《钟山》之星"文学奖年度青年作家奖、人民文学新人奖等奖项。出版小说集《一团坚冰》《黄昏后》。

1992年生于新疆精河，哈萨克族，现供职民族出版社，就读于北京师范大学与鲁迅文学院联办研究生班。作品散见于《北京文学》《天涯》《民族文学》《青年文学》《散文选刊》《大家》等刊。

阿依努尔·吐马尔别克

1993年出生于浙江金华，北京师范大学文学院当代文学博士。小说见于《收获》《人民文学》《上海文学》《作家》等杂志，短篇小说《狗窝》入选2022年收获文学排行榜。

陈各

武茳虹

1994年生，山西吕梁人。北京师范大学文学创作方向在读博士研究生。小说散见《收获》《十月》《雨花》《西湖》等刊，有作品被选刊选载。短篇小说《父亲》曾进入2022年收获文学榜入围名单。

庞羽

1993年生，毕业于南京大学。小说见于《人民文学》《收获》《十月》《花城》等刊。曾获"紫金·人民文学之星"短篇小说奖、《小说选刊》奖等奖项。著有短篇小说集《一只胳膊的拳击》《我们驰骋的悲伤》等。

2000年生于上海,北京师范大学文学创作与批评专业硕士研究生在读,小说与评论见于《上海文学》《文艺报》《小说月报(原创版)》《中国妇女报》。

胡诗杨

1993年生于山东青岛,清华大学哲学硕士。作品散见于《上海文学》《大家》《天涯》《花城》《芙蓉》等刊。曾获《解放军文艺》优秀作品奖、第四届老舍青年戏剧文学奖、科幻水滴奖短篇小说一等奖等。

修新羽

栗鹿

1990年生于上海崇明。作品发表于《人民文学》《诗刊》《长江文艺》《小说界》等杂志。曾获首届凤凰文学奖入围奖、人民文学奖新人奖。著有小说集《所有罕见的鸟》，长篇小说《致电蜃景岛》。

顾拜妮

1994年生，中国人民大学文学院研究生在读。小说《请你掀我裙摆》发表于《收获》杂志，著有小说集《我一生的风景》。曾从事写作教师、图书策划等工作，2018年起在《山西文学》策划并主持新锐栏目《步履》。

1999年生。北京师范大学文学创作与批评专业研究生在读。有小说和评论见《十月》《作家》《北京文学》《小说月报（原创版）》《文艺报》《中国妇女报》等刊。

曹译

1999年出生，蒙古族，内蒙古通辽市库伦旗人。小说见于《收获》《人民文学》《十月》等刊。曾获华语青年作家奖、丁玲文学奖等奖项。入选王蒙青年作家支持计划·年度特选作家。著有小说集《傻子乌尼戈消失了》。

渡澜

焦典

1996年生于云南,北京师范大学文学创作方向博士在读。小说及诗歌发表于《收获》《人民文学》等。获"京师-牛津青年文学之星"金奖、"青春文学奖"、"2020中国·星星年度青年诗人奖"等。著有小说集《孔雀菩提》。

程舒颖

1999年生,北京师范大学文学创作与批评方向硕士研究生在读。小说和评论见于《当代》《长江文艺》《小说月报(原创版)》《文艺报》等刊。曾获"京师-牛津青年文学之星"银奖。南京市青春文学人才计划签约作家。

1994年生于贵阳,小说见于《人民文学》《十月》《当代》《钟山》等。出版小说《街区那头》《飞往温哥华》,诗集《又一个春天》。曾获"《钟山》之星"文学奖、西湖新锐奖、牛津大学罗德学者提名。

蒋在